식탁 위의 진심

식탁 위의 진심

이민주·이지현 지음

작가와비평

　우리의 삶에서 함께 음식을 먹는 일은 서로를 위로하고 공감하는 일입니다. 이 책을 쓴 두 사람은 공부하는 아이들의 밥상을 차리는 과정에서 따뜻한 밥이 던진 희망을 발견했습니다.

　요리를 한 사람은 남매를 키우는 주부입니다. 자녀가 외국에서 공부를 하는 동안 그곳에 수년간 거주하였거나 자주 오갔습니다. 그때마다 아이들이 학업에 지치고 힘들어하는 모습을 보면서 건강하고 맛있는 음식을 차리게 되었고, 아이들은 위로 받고 회복하였습니다.

　그 과정에서 더 건강한 요리를 위해 외국의 식재료 및 식문화들에 흥미를 가지게 되었습니다. 다양한 요리 자격증에 도전하여 10여 개 넘는 자격증을 취득하였으며 아직도 계속 노력 중입니다.

　저도 세 아이의 밥상을 차리면서 아이들이 잘 자랐기 때문에, 정성들여 식탁에 올린 따뜻한 진심과 자격증까지 도전한 그 용기에 감동을 받았습니다. 그리고 만들어진 그 음식들에 대해서 오래 전에 썼다가 잘 접어둔 편지처럼 많은 이야기가 하얀 김처럼 일시에 모락모락 피어올랐습니다.

　난데없이 닥친 코로나19로 이제 집밥이나 혼밥이 익숙한 문화가 되었습니다. 그럴 때 음식 한 그릇에 고유의 색을 입혀 내면을 위로할 수 있다면 살아가는 순간이 훨씬 아름다울 것입니다. 한 그릇의 음식은 다채로운 이야기를 담고 있으며 아련한 추억을 자아냅니다.

이 책으로 심신이 혼연일체 되는 건강하고 아름다운 식탁이 무지개빛 희망을 불러올 수 있음을 말하고 싶었습니다. 요리한 음식은 용기와 꿈만 있다면 누구나 자격증을 딸 수 있다는 의미로 요리 실습에서 주로 만든 것으로 새롭게 차렸습니다.

이제 두 사람은 온갖 정성이 들어간 한 그릇 음식을 공유하면서 지나간 시간을 순례하고, 삶과 따뜻하게 악수해 봅니다.

글쓴이 이지현

1부 깊은 그리움의 맛

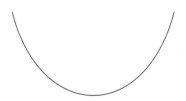

물김치

재료: 냉장고 속 채소와 과일, 비트, 냉수, 식초, 마늘, 소금, 설탕 약간

1. 냉장고 속 과일과 채소를 먹기 좋게 썬다.
2. 소금과 설탕을 기호에 맞게 넣고, 마늘 1쪽을 슬라이스한 뒤 쪽파도 한입 크기로 자른다.
3. 식초로 새콤함을 더하거나 레몬즙을 짜서 김칫물에 넣으면 상큼하다.

식초 대신 시판 레몬즙, 물 대신 탄산수도 가능하다. 국물은 고춧가루 대신 비트를 써도 된다.
비트는 잘라서 넣으면 점점 색이 우러나서 핑크빛이 진해지므로 기호대로 넣는다.

향수를 부르는 색의 향연,
즉석 물김치

중국 유명 유투버의 김치 담그는 시연이 해묵은 김치 종주국 문제로 불붙어 한동안 시끌벅적했다. 이렇듯 김치는 늘 애국심과 직결된다.

일본 영화 〈러브레터〉에서 여주인공은 흰 눈이 덮인 먼 산에 대고 '오겡끼데스까'라고 외치며 사랑했던 사람의 안부를 묻는다. 나도 '김치 오겡끼데스까'라며 김치의 안부를 종종 마음속으로 물어볼 때가 있다.

일본 동경에서 잠시 거주할 때 일본인 역시 '김치는 바로 한국'이라고 생각한다는 것을 직접 깨달은 일이 있었다. '노도야'는 제법 큰 마트였다. 그날도 저녁거리를 사러 들렀을 때, 주인이 배추를 잘라 고춧가루에 마구 버무리고 있었다. 내가 세 아이를 데리고 동네를 오가자 한국에 관심이 생긴 주민들이 김치를 주문했다고 말했다. 용기 내서 김치를 담그는 중이니 맛을 봐달라고 부탁했다. 한 조각을 맛본 내 표정으로 주인은 실패를 깨달았는지, 한국 김치와 다른 점을 물었다. 비닐에 담긴 아지노모도(조미료 이름)를 1/3을 넣었다니 할 말이 없었다. 마트 안에서 새우젓을 발견해 즉석 겉절이 김치를 담갔다. 일본의 쯔께모노는 염장 채소지만 젓갈을 사용하지 않는다. 주인은 젓갈이 키포인트임을 알고서 충격 받은 얼굴이었다.

잠시 후 주부들이 몰려와 20분 만에 김치가 매진되었다. 마트 주인이 내게 매일 김치를 담가 파는 제안을 해서, 만드는 대신 맛을 봐주는 것으로 애국심을 보탰다. '노도야'의 김치는 매일매일 한 함지박씩 동이 났다. 마트 주인은 이웃들이 김치를 이렇게 좋아하는 줄 몰랐다고 했다. 뜻밖에 김치 전도사 역할을 한 셈이다. 일본 주부들이 김치를 좋아하는 것을 보고, 동경을 떠날 때 아이의 소학교 담임선생님께도 직접 담근 김치를 선물했다. 그랬더니 무척 맛있어서 이웃과 나누어 먹었다고 했다.

김치를 담그면서 다양한 종류의 일본 배추를 샀지만, 너무 물러서 우리 식의 김치 맛을 내기가 어려웠다. 일본에서 김치를 맛있게 담글 수 없는 이유는 젓갈은 차치하고서라도 배추 때문임이 분명했다. 금세 물크러지는 일본 배추는 발효될수록 아삭해지는 우리의 김치 맛을 흉내 내기 어렵다. 식문화란 결국 신토불이에서 나오는 것이었다.

일본 소설 『천국의 수프』에서 주인공은 '천국의 수프'라는 이름의 오렌지색 수프를 찾아 헤맨다. 주인공의 언니가 언어장애자라는 이유로 파혼 당했을 때, 또 죽기 직전에 가족과 함께 먹으려고 했던 것이다. 주인공이 마침내 수프를 찾았을 때 오렌지색이 바로 김치 국물이었음을 알게 된다. 동경에서 살 동안 김치는 내게도 '천국'의 맛을 주던 소울 푸드였다.

　김치의 역사는 『삼국사기』와 『삼국지』의 「위지동이전」에서 채소를 소금에 절여 먹었다는 기록으로 보아 아주 오래되었다. 실학자 정약용은 유배지에서 아들들에게 보낸 편지에 근검을 강조하면서 김치도 사치라고 썼다. 김시습은 「유산가」에서 배추가 잘 자라 김치를 담그기 좋은 때에도 백성들은 앞마을 아전의 횡포 때문에 정작 그 풍요를 누릴 수 없다면서 한탄한다. 옛사람의 글이 김치를 자못 성찰의 음식으로 만든다.

　김치의 이름은 물에 담근다는 '지(漬)'나 '딤채'로 썼다. 할머니는 경상도식으로 '짠지'나 '짐치'라고 했다. 잘 익은 묵은 김치 한 장에 흑산도 홍어를 싸먹는 꿈을 꾼다. 묵은지를 깊은 독에서 꺼내어 물에 만 밥 위에 둘둘 말아 먹던 할머니 댁 장독간도 불현듯 그립다.

　김치를 담그는 날이면, 가는 곳마다 자신보다 한 발 먼저 다녀간 시인이 있음을 발견한다던 프로이트의 말을 떠올린다. 조그만 텃밭에도 무와 배추를 재배하는 이들이 바로 시인이다.

도토리묵 소면무침

재료: 도토리가루, 냉장고 속 각종 채소, 소면, 비빔장(고추장 또는 간장, 물엿 또는 설탕, 다진마늘), 참기름

1. 물:도토리가루=5:1의 비율로 약불에 저으며 묵을 쑤고, 굳을 즈음 참기름을 약간 넣는다.
2. 냉장고 속 채소를 채 썰어 묵과 같이 무치거나, 소면을 삶아 버무려 먹는다.
3. 비빔장: 고추장 또는 간장, 고춧가루, 물엿이나 설탕, 다진 마늘, 참기름

쑨 묵을 굳힐 그릇에 미리 기름을 발라두면 묵이 굳을 때 잘 떨어진다.

그리움도 짙어지는
진짜 도토리묵

도토리묵이 만들어지는 과정을 그린 김선우의 시 「단단한 고요」는 온갖 시끄러운 소리를 내다가 마침내 도토리가 묵이 되는 공감각적 일생을 그린다. 이 시를 읽을 때마다 묵이 만들어지던 추억이 떠올라 내 그리움도 깊어진다.

강원도에서 가져온 도토리를 말려 가루 내고 물에 가라앉혀서 만든 '진짜 도토리묵'은 외할머니의 솜씨였다. 늦가을 볕이 내리쬐는 멍석 위에서 바싹 몸을 말리던 도토리. 오랜 시간 공들인 묵은 겨우 손바닥만 했고 깊은 산속의 쌉싸래한 흙냄새를 풍겼다. 나무들이 있는 힘껏 진을 올려서 온 마음을 다 모아 애써 만든 쓰고 떫은 맛. 할머니가 손녀에게 몇 점 먹이려고 온 정성을 기울인 감동적인 마음의 맛이었다. 그래서 길고 긴 추운 겨울 한 밤에 갖은 채소를 버무린 도토리묵을 먹을 때면, 백석이 시 「가즈랑집」에서 도토리묵, 도토리범벅과 더불어 가즈랑집 할머니를 떠올리듯 나도 그 쌉싸래한 묵을 떠올리며 할머니가 그립다.

우리 민족이 석기시대부터 상용한 도토리는 구황작물로 가뭄이 들 때는 이상하게도 도토리가 더 많이 달렸다고 한다. "도토리는 벌을 내려다보면서 열린다"라는 속담처럼 흉년에 도토리라도 먹어야 하니 더 눈에 띄었을까. 아니면 평소에는 괜히 "개밥의 도토리"였을까.

'도깨비 방망이' 설화에는 산에서 주운 도토리를 깨무는 소리에 놀란 도깨비들이 도망가는 바람에 도깨비 방망이를 얻어 부자가 되는 어느 착한 사람이 등장한다. 이처럼 도토리는 가난하고 선량한 백성들을 꿈꾸게 한 식재료였다.

신경림의 시집 『농무』에서 농민들이 힘든 현실을 잊으려고 막걸리 등의 술을 마실 때, 만만한 안주는 마을 뒷산에서 쉽게 줍는 도토리로 만든 묵이다. 또한 묵내기 화투를 하면서 힘든 현실을 잊으려고까지 한다. 그래서 인생처럼 쌉쓸한 맛을 지닌 도토리묵을 쑬 때면 또 그 맛을 즐기고 있다는 생각에 가끔 아이러니하다.

강원도 철원에 갔을 때 커피색의 채 썬 도토리묵 말린 것을 가득 사왔다. 조리 전에 물에 불려서 사용하니 쫄깃하고, 응축의 결정인지 더 쌉싸래했다. '박달재 전설'에서 박달 도령이 과거 보러 한양에 갈 때 금봉이가 만들어준 음식이 바로 도토리묵이다. 옛날에는 먼 길을 떠날 때 이 꾸덕꾸덕하게 말린 도토리묵이 요긴한 음식이었다.

도토리묵은 무공해 식품으로 중금속 해독에도 탁월하기 때문에 환경오염이 날로 심해지는 현대에 더욱 훌륭한 음식이다. 장충동의 어느 호텔 레스토랑에서 먹은 '묵사발'은 동치미 국물에 잘게 썬 김치를 넣었고, 미슐랭을 받은 어느 레스토랑에서 먹은 묵밥은 말린 묵에 보리와 해초를 넣고 요리했었다. 고급 음식점들도 도토리묵으로 감성 넘치는 레시피를 만드는 중이었다.

묵을 먹을 때면 딸이 다닌 신촌의 대학 교정에서 자라는 도토리나무 이야기를 듣는다. 가을에 나무 아래를 지나가기만 하면 청솔모가 도토리를 사정없이 던져 아프게 맞고 다녔다고 해서 모두 포복절도한다. 사람들이 자신의 먹이를 다 가져갈까 걱정했으리라. 도토리를 많이 수확하면 좋겠지만 산짐승들도 도토리가 주식이니 사이좋게 나눠먹으면 더 좋을, 그런 도토리묵을 소면에 비벼먹는 깊은 계절이 있다.

꼬막무침

재료: 꼬막, 냉장고 속 채소, 비빔장, 참기름

1. 꼬막은 소금물에 해감 후 박박 문질러서 지저분한 껍질을 씻는다.
2. 깨끗이 씻은 꼬막을 끓는 물에 넣고 입을 벌리면 바로 건진다.
3. 냉장고 속 채소들을 활용해서 꼬막과 함께 양념장에 비벼 먹는다.
4. 비빔장: 간장, 고춧가루, 다진 마늘과 다진 파, 참기름

청춘의 봄 앓이,
꼬막 요리

꼬막의 개체수가 줄어 비싸졌다는 말에 허겁지겁 사러 갔더니 정말이었다. 봄이 오기 직전의 꼬막을 먹어야 봄과 제대로 인사한다던데, 사온 꼬막을 고무장갑 끼고 바락바락 문지른 뒤 살짝 삶아 요리하자 씹히는 질감이 쫄깃쫄깃 상냥하다.

조정래의 대하소설 『태백산맥』에서 꼬막이라 쓰기 시작하며 표준어였던 고막은 뒷전으로 밀려났다. 자장면보다는 짜장면처럼 된소리의 발음이 훨씬 다정하다. 벌교의 갯벌에서 널배에 꼬막채를 걸어 갯벌을 훑으며 채취하는 고난도의 수고를 하는 이 고된 노동의 의미를 담으려면 당연히 어휘도 고군분투하는 이름이어야 제격이다. 소설 속에서 염상구가 젊은 과부를 겁탈하며 간간하면서 쫄깃쫄깃한 것이 꼭 겨울 꼬막 맛이라고 했을 때, 인간이

저지른 권력의 폭력성보다 꼬막 맛을 먼저 번개처럼 떠올린 것은 어느 겨울 어시장의 풍경 때문이다.

제삿날에 짐을 하나라도 들려고 어시장에 졸래졸래 따라가면 가마니에 꼬막이 무더기로 쌓여 있었다. 양은 대접에 푹 퍼 주는 꼬막은 너무 싸서 과연 먹는 게 맞나 고민까지 했다. 그런 표정을 읽었는지 연탄난로 위에서 김을 모락모락 피우며 익는 꼬막을 아줌마들이 숟가락으로 쓱 까서 입에 쏙 넣어주었다. 아, 그 맛이라니. 가곡 〈가고파〉 속의 그 합포만 바다가 바로 눈앞에서 한번 출렁하고, 쫄깃한 느낌이 입 안에서 이리저리 돌고, 짭쪼롬한 맛이 마음을 탁 쳤다. 그때의 무어라 말할 수 없던 어시장 아줌마들과 나만의 난수표처럼 해맑던 교유와 체득이 없었다면 어떻게 그 맛을 감안할 수나 있었을지.

연탄불 위에서 익었던 꼬막 향기는 아련한 미나리 맛처럼 애잔했고, 식감은 꽈리를 불 듯 부드럽게 쫄깃했다. '벌교에 가거든 주먹자랑 하지 마라'는 말처럼, 연탄불 위에 굽던 꼬막으로 허기를 넘겼을 아줌마들. 꼬막이 그들의 건강을 책임졌다는 것을 이해할 만큼 나이가 들었고, 삶의 현장에서 먹게 되는 음식은 안온한 식탁에서 먹는 맛과는 또 다르다는 것도 안다.

꼬막은 또 어떤 시간을 목이 꽉 메도록 그립게 한다. 진동 바닷가 근처의 장어구이 집은 피조개도 팔았다. 꼬막의 한 종류인 피

조개는 입을 벌리면 붉은 피로 가득해 섬뜩했고, 크기는 어린 우리 주먹만 했다. 장어는 구워서 먹는데 피조개는 붉은 피가 뚝뚝 떨어지는 생으로 먹어야 했다. 우리가 요리조리 안 먹을 궁리를 할 동안, 시뻘건 피가 뚝뚝 떨어지는 것을 먹어야 자식이 건강하게 자랄 것이라고 종교처럼 믿는지 아버지는 우리가 다 먹을 때까지 눈을 부릅뜨고 지켜보았다. 우리처럼 붉은 피를 가진 조개를 먹어야 하는 서글픈 연민을 미리 배운 셈이었다.

박노해의 시 「꼬막」에서 꼬막을 삶는 일은 엄숙하며, 태풍이 한차례 휙 뒤집고 가야 꼬막이 잘 여물고, 한겨울에 먹지 못하면 몸살을 한다고 했다. 태풍이 스치듯 지나간 시간들을 받아들이는 법도 배우기 위해, 비록 똥꼬막으로 불리는 새꼬막이지만, 봄이 오기 직전 겨울의 맛으로 수북하게 삶아 먹어야겠다. 뜨거운 꼬막탕이 먹고 싶지만 뻘이 많은 조개여서 가끔 머뭇거린다.

전라도의 속신에 열 나흗날 밤이나 대보름날에 꼬막을 먹으면 나락이 잘 여문다고 하여 꼭 먹는다는데, 꼬막을 먹으면서 한 해를 여물게 보낼 궁리나 열심히 하겠다.

참가죽전

재료: 참가죽 한 줌, 식용유, 밀가루 1컵, 소금 약간, 물 약간

1. 참가죽은 어린 새순을 잎만 따서 깨끗이 씻은 뒤 물기를 뺀다.
2. 밀가루에 소금을 넣고 걸쭉하게 반죽한다.
3. 참가죽 잎에 밀가루 반죽을 입히고 얇게 펼치며 꾹꾹 눌러 모양을 잡는다.
4. 식용유를 두른 팬에 노릇하게 지진다.

소금 대신에 조선간장이나 맛간장을 조금 넣어도 좋다.
참가죽은 열이 많기 때문에 냉장 보관한다. 전을 부칠 때 꾹꾹 누르면 밀가루 냄새가
   나지 않는다.

참가죽나물생채

재료: 참가죽순, 고추장, 설탕, 생강 또는 생강즙, 깨소금

1. 참가죽은 새잎이 날 때 어린 순을 이용하고, 잘 씻어서 물기를 뺀다.
2. 고추장, 설탕, 다진 생강(즙도 가능), 깨소금으로 만든 초고추장에 조물거리며 무친다.

생채는 기름을 치면 참가죽의 독특한 향이 없어지므로 참기름이나 들기름을 넣지 않는다.

신화적 경외로움,
참죽 요리

가죽 나물은 향 때문에 호불호가 갈린다. 가죽 나무라고 불러서 가죽 만드는 나무로 잘못 알았던 우스운 일도 있지만, '가짜 죽나무'라는 의미다.

어릴 때 살던 집 뜰에 가죽나무가 있었다. 나무들이 너무 무성해져서 베기로 했는데, 실제로 참죽나무는 뿌리가 매우 깊고 길게 자라서 집터에 있으면 안 되는 나무다. 집의 뜰에 있던 참가죽나무는 봄에 새 잎이 불그스레하게 돋을 때면 동네 아줌마들이 다 몰려와 나물이나 약으로 쓴다며 신나게 새순을 따갔다. 그 좋은 나물거리가 사라진다니 모두 아쉬워하며 오래된 나무는 함부로 베지 않는데 큰일 났다고 수군거렸다. 나무를 베던 날 동네 무당인 안자 엄마가 가죽나무 아래에 돼지머리를 놓고 고사를 지냈다. 새순을 따가던 아줌마들이 모두 차례차례 절을 했다.

나는 그 가죽나무와 특별한 인연이 있다. 초등학교 4학년 때 목덜미에 옻이 올라서 마치 국화빵을 하나 붙인 것처럼 부풀었다. 산에서 가지와 잎이 붉은 나무를 보고 집 마당의 가죽나무로 생각해 반가워서 만졌는데 옻나무였던 것이다. 동네 어른들의 비방으로 가죽나무를 태운 재를 목덜미에 바르고 물에도 타서 먹었다. 옻독 오른 데는 가죽나무가 최고라는 비방이 맞는지 확인은 못했지만, 약 한 첩 안 쓰고 오로지 그 이상한 비방만으로 나았다. 그 이후 가죽나무의 치유 효능을 굳게 믿었다. 그런 고마운 나무가 베어지는 것이었다.

한동안 아줌마들이 모이면 동티나지 않아야 한다고 수군거렸다. 사람들은 나무 한 그루에조차 영혼을 불어넣으면서 감사하고 존중했다. 그날 이후 나도 오래된 나무만 보면 경외감이 불쑥 드는 습관이 생겼고, 봄이면 먹던 가죽 나물도 오래도록 안 먹었다.

참죽나무의 한자는 춘(椿)으로 춘부장(椿府丈)이란 말이 여기서 나왔다. 나무의 우뚝하고 의젓한 자태는 한 집안의 가장에 빗댈 만하다. 얼마나 꼿꼿이 자라는지 '구름을 깨는 나무', '하늘을 모르는 나무', '벼락을 막는 나무'로 불리며 늠름하다. 그래서인지 남쪽 지방의 산 아래에는 아주 크게 자란 가죽나무들이 서 있어서 비를 피하기에 딱 좋았다.

참죽나무는 죽은 가지 옆으로 새 가지를 내어 생명력조차 신비롭다. 무속신화인 「바리공주」에서는 전라도 참죽나무가 아버님이고, 뒷동산의 참죽나무가 어머니 나무라고 하며, 부모처럼 경외의 대상으로 삼았다. 심훈의 농촌소설 『상록수』에서 참죽나무에 순이 나는 걸 보며 못자리 할 시기라고 말하는 것으로 미루어 보아 농사철을 알리는 바로미터 역할도 했던 중요한 나무였다.

참죽나무순은 찹쌀가루 풀을 발라 부각을 만들어 사찰 음식에서는 면역력을 높이는 건강 식재료다. 서울 진관사를 방문했던 유명 배우 리처드 기어가 이 부각을 최고의 맛으로 꼽았다고 한다. 그 옛날 집의 가죽나무순을 봄철이면 우르르 몰려와서 따가던 동네 아줌마들. 그들의 건강에도 한때 큰 보탬이 되었을 오래전 그 참가죽나무.

참죽나무는 독특한 향 때문에 벌레가 꾀지 않아 농약을 칠 필요가 없는 친환경 나무다. 또 단단하기 때문에 수공예로만 작업할 수 있다고 한다. 그 질이 좋고 결이 아름다워 악기재로 쓰거나 세월이 흘러도 변형되지 않아서 책장이나 책상으로 만들면 멋지다고 한다.

그 옛집에서 베어진 참죽나무는 어디에 있을까. 누군가의 빛 고운 대청마루나 아니면 손길이 반질하게 묻은 가구로 남아있을까. 욕심이라면 아름다운 소리를 내는 악기나 멋진 글을 쓰는 누군가의 책상이 되었으면 한다. 옻을 치료하느라 가죽나무 재를 마신 내 마음에도 한 그루 붉은 참죽나무가 신화처럼 자라고 있다.

장어구이

재료: 민물장어, 소스 재료(양파, 생강, 마늘, 표고버섯, 청양고추, 다시마, 간장, 바비큐소스, 굴소스, 설탕, 전분가루)

1. 장어는 깨끗이 씻은 뒤 생강과 청양고추 넣은 끓는 물에 얼른 넣었다가 건진다(구울 때 장어가 덜 말리고 굽는 시간이 절약되며 냄새도 잡을 수 있다).
2. 에어프라이어에서 초벌로 먼저 구운 후, 먹기 직전 약불에 소스를 3회 바르면서 굽는다.

〈소스 만들기〉

1. 물에 양파 약간, 표고 1개, 다시마 조각, 청양고추 1개, 마늘, 생강을 넣어 육수를 만든다.
2. 1번 육수에 간장, 바비큐소스, 굴소스, 설탕이나 물엿을 약간 넣고 끓인다. 마지막에 물전분을 넣어서 윤기 나게 졸이면서 약간 걸쭉하게 만든다.

서리서리 남은 추억,
장어 요리

아이들 시험 때면 힘내라고 단백질이 풍부한 민물장어를 종종 먹었다. 달콤 짭짜롬해서 아이들도 거부감 없이 잘 먹었다. 일본에서 살 때는 장어(우나기) 덮밥 가게를 쉽게 찾을 수 있었다. 우나기는 일본의 전설적인 스테미너 식품이다. 우리가 복날에 삼계탕을 먹듯이 그들은 장어를 먹는다. 일본에서 가장 인기 있는 장어 요리인 카바야키는 꼬챙이에 꿰어 달짝지근한 간장 양념을 발라 숯불에 구워 먹는 것인데 내 입엔 그저 들큼하기만 했다.

우리나라 진동과 마산의 장어 요리는 매우 특이하고 놀랍다. 아버지와 함께 간 기억이 있는 진동은 바다로 이어지는 개천을 끼고 장어집이 쭉 늘어서 있었다. 밤하늘의 초롱초롱한 별을 보느라 마당에 서 있던 내게 연탄불에 장어를 굽던 아줌마가 "이거 묵어

볼래."하고 내밀었던 그 장어 뼈 구이. 과자인줄 알고 기름한 것을 받아먹었는데 크래커처럼 바삭바삭했고 새우향이 났다. 눈이 동그래져서 맛있게 먹자, "그기 장어 뼈 아이가. 맛있재. 둘이 먹다가 하나 죽어도 모르는 기라."라고 했다. 평생에 한번 먹기 힘들다는 장어 뼈 연탄불구이를 처음 먹은 날이었다.

진동의 장어구이는 전혀 느끼하지 않아 별미다. 장어는 독 때문에 바싹 구워먹는 것이 맞았다. 장어의 제철은 여름부터 초가을까지로, 봄이 되면 바다에서 해안으로 헤엄쳐 온 뒤 민물을 만나면 상류로 거슬러 올라간다. 성어가 되어서 바다로 갈 때까지 민물과 바닷물이 만나는 지역에서 사는데 진동이 바로 그런 곳이었다. 진동천을 따라 바다로 둑길이 이어져 있는데 그 끝에는 듬성듬성한 공룡발자국이 남아서 바닷물이 웅덩이처럼 고여 있고, 한편은 주상절리 절벽이 있어 환상적이고 신비스러운 곳이었다. 아리스토텔레스가 뱀장어는 진흙 속에서 자연 발생했다고 주장했듯이 장어는 고대부터 불가사의한 생물로 여겨지는 신앙의 대상이었다. 그 까마득한 시간에 공룡과 장어가 어울려 살던 곳에서 먹던 장어구이의 맛을 과연 어떤 말로 표현할 수 있을지.

아들의 공군 입대 전날에 진주에서 해물 육수를 쓰는 냉면과 꽃 같아서 화반으로 불리는 진주비빔밥과 육전, 민물장어도 먹었다. 논개가 왜장을 안고 뛰어들었던 푸른 남강가에 장어집들이

쪽 늘어서 있었다. 석쇠에 노릇노릇하게 초벌구이 한 장어를 급랭으로 숙성시킨 것을 다시 구워먹는데, 진동의 장어 맛을 아는 내 입맛에는 어림없었다. 고창 선운사에 갔을 때 풍천 장어를 못 먹고 와서 진동 장어와 비교하지 못해 서운하다.

정약용은 「탐진어가」에서 계량포의 득실득실한 뱀장어를 잡는 어부들과 장어잡이 어선인 활배가 푸른 물결에 둥실 뜬 장면을 생생하게 묘사하며 흐뭇해한다. 장어잡이는 그 옛날에도 생활 현장의 풍요를 나타내는 상징이었다.

어시장에 가면 아줌마들이 늘 꼼장어로 불리는 바닷장어의 포를 뜨고 있었다. 껍질을 벗겨도 꿈틀거리는 모습에 내가 오만상을 찡그리면 아줌마들이 초고추장을 찍어 입에 억지로 넣어주곤 했다. 징그러워서 피하다가도 막상 입에 들어오면 그 고소한 향 때문에 도저히 마다할 수 없었다. 일본의 장어요리 장인이 되려면, '꼬챙이 끼기 3년, 자르기 5년, 굽기 일생'이라고 했지만 어시장의 아줌마들은 아마 눈감고도 할 수 있을 달인이리라. 언젠가 갈 일이 생긴다면 진동의 그 연탄불에 굽던 장어집을 찾아보겠다. 장어와 공룡이 살던 그토록 깊은 바다를, 꿈꾸듯 먼 눈으로 보며 장어처럼 길고 긴 추억을 파도 위에 둥실 띄워보리라.

단호박수프

재료: 단호박, 우유, 소금

1. 단호박은 전자레인지에 3분 돌려서 모양대로 잘라 씨를 파내고 껍질 벗긴다.
2. 단호박을 잘라서 냄비에 소금을 조금 넣어 삶는다. 이때 반만 먼저 익혀야 믹서에 갈 때 좋다.
3. 반만 익은 단호박과 단호박 삶은 물 조금, 찬 우유를 넣고 믹서기에 간다(찬 우유를 넣어야 바로 식는다).
4. 믹서기에 간 단호박에 남은 단호박 삶은 물을 더 넣고 냄비에 다시 끓이면 수프가 완성된다.

우유를 넣어주면 단호박 냄새도 잡히고, 농도 조절이 된다. 우유를 소량 넣거나 혹은 아예 넣지 않으면 되직한 퓌레가 되고, 넉넉하게 넣으면 부드러운 수프가 된다.

노란 향수를 자아내는
단호박 요리

조선 후기 실학자 정약용은 「호박넋두리(南瓜歎)」에서 아내가 다른 집 밭의 호박을 훔친 여종을 야단치는 것을 보고, 만권 서적을 독파한다 해도 아내를 배부르게 할 수 없는 가난에 탄식한다. 유배기간 중에는 호박을 스스로 심었다. 당시로서는 장수한 정약용이 오랜 유배 생활을 견딜 수 있던 건강 비결은 호박죽을 많이 먹었기 때문이라고 본다.

어릴 때 우리 집 담장 아래에 생김새는 누런 호박과 비슷하나 아주 작은 호박이 나타났다. 새끼 호박인가 신기했는데 화초호박, 왜호박으로 부르는 못 먹는 호박이라고 했다. '카보차'로 불리는 그 화초호박을 다시 본 것은 동경에 거주할 때였으니 왜호박이란 이름이 맞는 셈이다.

카보차는 동경의 어느 채소 가게에나 쌓여있었고, TV 요리 프로그램에도 빠지지 않았다. 슈퍼마켓마다 카보차로 요리한 다양한 음식을 팔아서 조리법을 고민할 필요도 없었다. 못 먹는 호박으로 알았던 터라 조심스레 먹어본 순간 깜짝 놀랐다. 맛 없을 것이라고 생각했는데, 삶은 밤 맛이 나면서 당도는 일반 호박보다 더했다. 믿을 수 없었다. 동경에서 살 동안 달리 입맛에 맞는 것도 없고, 세 아이에게 영양가도 만점이어서 죽, 튀김, 수프, 찜 등으로 카보차를 엄청나게 해 먹었다. 나중에는 모두가 호박이 되나 싶을 정도였다.

한국으로 돌아와서 수년간 카보차를 보지 못했다. 관상용 호박쯤으로 시골 어느 툇마루에 장식되어 있었으리라. 그러다 드디어 한국의 마트에서 단호박을 만났다. 더 이상 관상용은 아니지만 그동안 왜 먹지 않았을까. 우리나라에 단호박이 들어온 것은 임진왜란 이후로, 일제강점기에 일본인이 주로 이용했던 식재료였다. 일제강점기의 한 때문에 왜호박으로 부르며 먹지 않는 것으로 애국심을 발휘했다고 뿌듯해 하던 순박한 사람들이었던 셈이다.

민요 〈시집살이 노래〉에서 호된 시집살이로 배꽃 같은 얼굴이 호박꽃이 되었다고 한탄하는데 이처럼 호박은 타박을 받던 만만한 작물이었다. 나희덕은 시 「어떤 출토」에서 벌레들이 호박을 파먹고 남은 호박씨를 소신공양을 한 부처님의 사리에 비유함으로써, '호박꽃도 꽃이냐', '뒤로 호박씨 깐다'라는 호박에 대한 부정적인 편견을 한순간에 바꾼다.

펌킨이라는 단어는 호박을 통칭하는데, 어원의 의미는 해독이다. 세 아이를 낳았을 때 몸의 부기를 빼기 위해 늙은 호박에 꿀을 넣고 푹 쪄서 그 물을 마시곤 했다. 세계적인 장수 지역인 그리스와 오키나와의 식단에 공통적으로 등장하는 슈퍼푸드에도 단호박이 들어간다. 신데렐라를 궁중의 파티에 데려다주는 마법의 소재로 차용했던 것도 호박의 탁월한 효능 때문일지 모른다.

호박은 고추장, 경단, 죽, 칼국수, 식혜, 떡, 차, 크로켓, 정과, 전, 찌개, 김치, 빵, 미용팩 등 방대한 식재료로 사용된다. 아이들의 수능도시락을 만들 때는 달고 소화도 잘되는 찹쌀 호박죽을 쑤었다.

이상은 수필 「권태」에서 말하기를 축 늘어진 울타리 밑 호박덩굴을 보고 모두가 그게 그것처럼 시골집들에 똑같이 있다면서 권태롭다고 했다. 그만큼 시골 어디서나 호박을 볼 수 있기 때문이다.

호박잎쌈을 먹을 때면 줄기와 잎사귀의 가시를 벗겨내는 일이 저녁의 일거리였다. 그러고 나면 손바닥은 가는 침을 맞은 듯이 따끔거렸고 제대로 벗겨내지 못하면 연한 가시 때문에 입과 목 안이 까슬까슬했다. 아무리 못생긴 꽃이어도 자신을 필사적으로 지키고 있다는 것을 깨달았다.

김광규의 시 「호박 그 자체」에서 호박을 따먹고 싶은 욕심과 그 자체만 바라보아야 하는 갈등을 읽는다. 시골 집 흙담 아래 노란 등불처럼 크고 화안하게 피어있던 그 구수하고 투박한 꽃잎사귀가 제 몸의 잔가시를 밝게 비추던 모습을 떠올리며 마음에 담는다. 그러니 넝쿨에 매달린 호박을 보면 먹을 욕심보다는 노란 향수를 자아내는 그리움으로만 간직하겠다.

톳나물무침

재료: 톳, 두부, 맛간장, 마늘, 파, 참기름, 참깨

1. 톳의 꼬리를 떼고 끓는 물에 넣는다. 색이 파래지면 즉시 꺼내 찬물에 씻어서 먹기 좋게 썬다.
2. 물기를 꽉 짠 두부를 으깬 뒤 자른 톳, 다져 놓은 파와 마늘을 넣어 맛간장으로 간을 한다.
3. 참기름을 넣어 마무리하고, 참깨를 뿌려서 낸다.

톳은 끓는 물에 넣어 파래지는 즉시 꺼내야 한다. 그대로 두면 다시 갈변해서 냄새가 난다.

겨울 감성을 부르는
톳나물무침

겨울이면 톳나물무침을 한다. 그래서 겨울에 생 톳이 나오면 망설임 없이 산다. 두부와 어우러진 파란 톳나물 한 접시는 찬 겨울 들판에서 아직 버티고 있는 풀들을 덮어주는 흰 눈이거나, 깊은 바다 위로 떨어지는 싸락눈 같다. 이 요리는 여고 시절까지 보낸 남쪽 바닷가 도시를 식탁 위에서 기억하는 음식이다. 한 젓가락을 먹는 순간 마음 안에는 부드러운 바다나 들판이 출렁여 겨울이 따스해진다. 오들오들한 식감의 톳이 입안에서 톡톡 터지며, 두부의 고소함이 혀끝에 돈다.

겨울 어시장에 가면 톳과 파래가 지천이었다. 바다의 불로초라 불리는 톳은 아주 저렴한 해초인데 겨울 건강을 책임지겠다는 얼굴을 하고서 좌판 아래로 줄줄 흘러내렸다. 한 뭉텅이를 사면 한 주먹 더 쥐어서 얹어주는데 바구니에 올리자마자 곧장 미끄러졌다. 흘러내리는 톳을 아줌마가 다시 집어주면 또 한 주먹이 덤으로 따라오는 인심도 후한 해초였다.

경상도에서는 이 톳과 두부를 함께 버무려 겨울의 부족한 단백질을 채웠다. 무엇보다 눈이 귀한 남쪽 바닷가에서 이 반찬은 겨울의 설경을 식탁 위에 선사했다. 눈은 늘 오다가 말고, 한번 쌓인 눈은 10년 만이라고 하던 그런 남쪽지방에서 눈이 오면 이렇게 눈꽃이 필 것이라는 상상을 하면서 먹었던 반찬.

정약전은 『자산어보(玆山魚譜)』에서 톳나물을 '토의채(土衣菜)'라 불렀다. '토 옷', 바닷가 바위 위에 퍼져 사는 해초라서 흙 옷이란 이름으로 불린 것일까. 톳의 너그러움이 돋보이는 이름이다. 연초록의 톳이 희고 부드러운 두부를 끌어안으면 사랑스럽다. 그만큼 두부와 톳 사이의 순후한 친화력이 아득하고 깊어서 마음도 출렁인다.

제주에서는 톳을 톨로 부른다. 제주의 톳밥은 해녀들에게 건강 요리다. 톳의 모습이 마치 사슴뿔 같다고 해서 녹미채(鹿尾菜)라 부르는데 그럼 톳은 바다의 녹용이려나. 그 추운 겨울의 어시장에서 생활하는 아줌마들이 건강하게 살아가던 것도 지천이던 톳을 마음 놓고 먹어서 그랬을 것이다. 스트레스 해소에도 좋다니 겨울 내내 식탁 위에 올려야겠다. 늦은 저녁에는 톳나물무침 한 그릇만 먹을 때도 많다. 다이어트 음식으로 그만이기 때문이다.

언젠가 우도의 산호해수욕장 앞 해물짬뽕 집에서 먹은 짬뽕에 톳이 올라있었다. 톳 한 줄기가 옥빛 바다에 온 것을 실감나게 했다. 긴 국수 가락에 딸려오는 톳은 입안에서 톡톡 터지면서 파도음을 들려주었다. 눈을 보기 힘들었던 그 남쪽 지방의 상상력에 병치되면서 모든 겨울의 기억을 다 불렀다.

겨울이면 눈꽃으로 뽀얗고 애잔하게 피는 톳나물무침. 음식 하나가 불러내는 감성이 만만치 않다.

동죽샐러드

재료: 동죽, 양파, 당근, 샐러리, 월계수 잎, 레몬
레몬비네그레트 드레싱: 올리브유 2큰술, 레몬즙, 다진 양파, 소금, 흰 후추

1. 동죽은 찬물에 소금을 넣어 담근 뒤 하루 정도 냉장고에 두어 해감한다. 해감이 잘 되었으면 바락 문질러 깨끗이 씻는다.
2. 당근, 양파, 샐러리를 잘게 썬다. 월계수 잎, 레몬즙 짜고 남은 껍질을 넣어 육수를 만든 뒤 동죽을 데친다.
3. 데친 동죽을 채소에 올리고 레몬비네그레트 드레싱을 끼얹어 먹는다.

바다 향기를 배달하는
동죽

　　김훈의 『자전거 여행』을 읽으면 구성지고 맛깔
스런 유장한 문장 속에서 동죽은 새파랗게 살아있다. 만경강 가
는 길의 옥구 염전과 심포리 사이에 동죽이 주인공으로 등장한
다. 동죽은 껍데기의 검은 줄이 나이테다. 성긴 테는 조개의 여름
이며 촘촘한 테는 조개의 겨울이다. 조개도 우리처럼 신산의 삶
을 살고 있음에 틀림없다. 동죽에 구멍이 뚫려있다면 그것은 왕
좁쌀무늬고둥이 구멍을 내고 속살을 꺼내 먹은 흔적이라고 여행
자는 말했다.

　그 단단한 몸도 상처를 입고 사는데, 하물며 연약한 몸을 가진
것들이야 오죽하랴는 생각에 동죽을 먹을 때면 마음이 아릿하다.

　흔히 물총 조개로 부르는 동죽은 칼국수에 넣거나 조개탕으로
먹는다. 동죽은 빈혈에 좋은데, 고추를 첨가하면 동죽이 가진 철

분의 흡수를 돕는다. 동죽은 5~6월 제철에 유별나게 쫄깃하고 별미다. 물론 꼭 그때만 있는 것은 아니다. 가을날 소래포구에 갔을 때도 동죽은 큰 함지박에 담겨 생생하게 살아있었다.

제삿날 어시장에 따라가면 싱싱한 냄새가 파도처럼 넘쳤고, 그보다 더 생생한 상인들의 고함소리가 노래처럼 즐거웠다. 좌판에서 흘러넘치는 조개들과 미더덕 등을 좋아했다. 조개전에 가면 손가락을 찔러 넣어 조개를 꾹 눌러보는데, 갑자기 찍하며 얼굴에 물을 쏴대면 "그기 똥죽 아이가."라며 웃을 거리를 찾은 아줌마들이 깔깔거렸다. 그때 어시장에서 동죽은 조개 축에도 끼지 못했다. 탕에 쓸 거리는 바지락과 대합이었다. 그러나 동죽을 무시하면 안 된다. 맛에서 빠지지 않는 것은 물론 조개 비린내도 나지 않아 요리의 감초이기 때문이다.

동죽은 번식과 성장률이 좋아서 한 평 정도에 천여 마리나 서식하기 때문에 개펄에서는 매일 캐내도 줄지 않는다고 한다. 언젠가 예능 프로그램인 〈삼시세끼 고창편〉에서 배우들이 동죽 캐는 것을 보았다. 캔 동죽을 까서 짬뽕국물을 만들어 마파두부와 먹는 장면이었다. 동죽은 펄이 많기 때문에 즉석에서 먹기 힘들어 알맹이만 까서 먹는 경우가 많다. 그래서 동죽을 사면 하룻밤은 꼬박 소금물에 담가 냉장고에 두어야 한다. 다른 조개와 달리 해감할 때 자주 껍데기를 두들겨야 스트레스를 받은 동죽이 호흡을 많이 해서 펄을 내뱉는다고 하는데 나는 동죽을 조리할 때면 차마 그러지는 못했다.

이처럼 흔한 조개조차 쉽게 먹을 수 없는 시대도 있었다. 고려 가요 「청산별곡」은 굴과 조개를 먹고, 바다에서 살겠다며 고통스런 현실에서 벗어나기를 원한다. 정약용의 한시 「채호」에는 가뭄이 들어 논에는 논우렁이, 바다에는 조개, 소라가 다 사라져 버리고 백성들의 삶은 궁핍해졌는데 벼슬아치는 백성을 돌보지 않는다며 비판한다.

지리산 자락에 고로쇠 물이 오를 때쯤이면 고창 개펄의 조개도 덩달아 물이 오른다고 한다. 잘 씻은 조개를 센 불에 한소끔 끓인 후 파, 마늘, 후춧가루만 넣어도 된다. 이미 소금을 품고 있어서 굳이 간을 안 해도 슴슴하게 맛있다. 끓이는 도중 뚜껑을 열면 입을 열어볼까 망설이던 조개가 놀라서 입을 앙 다문다. 무엇이라도 그렇게 도중에 건드리면 침묵한다.

새만금 갯벌이 동죽의 대량 서식지였다고 하는데 간척 사업으로 사라졌다. 송도 국제 신도시도 간척 이전 수백만 평의 갯벌이 조개명산지였다. 인간의 이기심으로 갯벌이 파괴되어 사라지는 듯이 보이지만 우리보다 훨씬 이전부터 살아오던 조개들은, 싱싱한 생명력을 가지고 어디서라도 꾸준히 생존해갈 것이다.

일본식 야키소바 도시락

재료: 시판 야키소바, 핫도그 빵, 전복, 간장 1큰술,
　　　 청주 1큰술, 참기름, 당근, 파, 숙주

1. 양파와 파, 당근을 가늘게 채쳐 볶고, 숙주는 마
　 지막에 넣는다.
2. 전복은 솔로 씻은 뒤 찜기에 살짝 쪄서 숟가락
　 으로 떼면 잘 떨어진다. 손질한 전복은 먹기 좋
　 게 포를 뜬다.
3. 야키소바에 1, 2번을 넣어 간장과 청주로 살짝 볶
　 고, 불을 끈 후 참기름을 넣는다.
4. 핫도그 빵을 반 잘라 가운데에 소바를 넣고, 도시락 모양 맞춰 예쁘게 싼다.

핫도그 빵은 야키소바를 넣기 전에 에어프라이어에 살짝 데워서 싸면 바삭해져서 좋다.

09

추억을 소환하는
포근한 도시락

도시락은 온갖 추억을 소환한다. 교실 난로 위에는 일찍 온 순서대로 양은도시락이 놓였다. 너무 일찍 와도 도시락이 맨 아래 깔리고, 너무 늦게 와도 맨 꼭대기에 위태롭게 올라 자칫 떨어지면 그날의 점심은 사라지기 일쑤였다. 70년대에 새마을 운동의 일환으로 시행했던 '혼 분식 장려 기간'에는 도시락 검사 시간만 되면 보리쌀 비율이 맞지 않은 친구들과 모여서 도시락을 섞느라 분주했다. 교실 뒤 게시판에는 혼 분식을 잘한 아이들의 그래프가 자랑스럽게 쑥쑥 올라갔다. 보온도시락이 수입되자 얼음덩이처럼 찬밥을 따뜻하게 먹을 수 있는 도시락의 혁명이 시작되었다. 지금 학교에서 석식까지 해결하는 아이들은 이런 도시락의 의미를 모를 것이다. 우리에게 도시락은 가난, 부끄러움, 즐거움, 난로 등 온갖 다양한 기억과 버무려져 있다.

구로야나기 테츠코의 자전소설인『창가의 토토』에서 기차로 만든 도모에 학교의 점심시간에는 아이들이 산과 들, 바다에서 나온 것을 싸오지 못하면, 교장선생님이 아이들의 영양에 맞춰 산과 들, 바다의 음식을 나눠주었다. '벤또'의 역사가 오래된 일본은 주로 벚꽃축제나 다도회, 전통극인 가부키를 관람하던 중간에 도시락을 먹었다. 언젠가 동경 우에노 공원 벚꽃 축제에서 세 아이 도시락을 열심히 싸서 연분홍 벚꽃이 흐드러진 나무 아래서 먹은 기억이 있다. 부랴사랴 갔지만 이미 멋진 벚꽃나무 아래는 일본인이 새벽부터 와서 자리를 잡아, 전후사정도 몰랐던 우리는 먼발치의 벚나무 아래서 도시락을 먹었다.

일본은 전쟁터의 병사들에게 식량을 균등하게 나누어 주거나, 제2차 세계대전의 패전 원인을 음식문화의 비효율성으로 보아 도시락 문화를 발전시킨다. 이어령이 일본의 도시락 문화를 축소지향 문화의 한 예로 들었을 정도로 일본의 도시락은 작은 개인용 식탁과 같다. 일본의 도시락 문화는 아이러니하게도 윤봉길 의사를 배출했다. 그들이 얼마나 도시락을 선호했으면 수통과 도시락 모양 폭탄으로 윤 의사는 홍커우 공원의 검문을 쉽게 통과했다.

베스트셀러 작가인 히가시노 게이고의『용의자 X의 헌신』은 특이하게도 도시락이 매개된 추리소설이다. 주인공은 아침마다 야

스코가 근무하는 도시락 가게에 들러 '오늘의 도시락'을 산다. 이때 도시락은 구원의 상징으로 사용되며 수학만이 아름답다고 생각했던 주인공의 감정이 실리는 대상이 된다.

일본의 기차역에는 '에키벤'이라는 먹기 아까울 정도로 아름다운 열차 도시락을 판다. 얼마나 화려한지 한참을 서서 구경해도 질리지 않는다. 일본어로 '오벤또'의 의미는 데리고 다니는 애첩이란 속어로도 쓰일 정도로 도시락 문화의 화려함과 일상적인 애용을 동시에 떠올리게 한다. 아이들이 편식을 하지 않고 예뻐서라도 먹게 하기 위해 동경을 떠나 올 때 화려한 도시락 사진을 잔뜩 가져 와서 세 아이의 도시락에 열심히 응용했던 적도 있다.

이광수의 『무정』 속 기차에서 만난 김병욱이 박영채에게 건네는 음식은 샌드위치다. 최초의 근대 장편소설이니 처음 등장하는 이 샌드위치는 병욱이 집에서 싸온 기차 도시락인 셈이다.

조선 후기 사설시조에 도시락의 옛말인 '도슭'이 나타난다. 논밭을 다 김맨 농부가 산으로 땔감을 하러 가서 도시락을 먹고 샘가에서 깨끗이 씻기까지 한다. 김유정의 소설 『봄봄』에는 논일하는 주인공을 위해 함지박에 밥을 가득 담아오는 점순이가 나온다. 점순이가 풀밭에다 깨빡을 쳐서 흙투성이 밥을 곧잘 먹이지만 군소리 없이 밥을 먹는 순박한 주인공이 있다. 우리의 도시락은 그렇게 푸근했다.

오래 전 가을 추수 날에는 함지박에 새참을 가득 차려 머리에 이고 가는 엄마를 따라 막걸리가 든 노란 양은 주전자를 들고 논길을 걸어갔던 적이 있다. 농경사회였던 우리나라는 가정에서 식사를 해결하기 때문에 도시락의 필요성을 크게 느끼지 않았다. 일 사이에 먹는 새참 정도가 밖에서 먹는 우리 식의 도시락이었다.

야키소바를 소로 넣은 빵은 일본의 애니메이션에 자주 등장한다. 도쿄의 한 빵집에서 각각 따로 팔던 것을 번거로워 끼워 팔기 시작하면서 인기를 끌었다고 한다. 아이들의 도시락으로 활용하면 매우 흥미롭게 먹는다.

학교 급식의 시대에 도시락의 추억은 점점 사라지고 그것을 싸는 수고의 의미도 더불어 퇴색한다. 남이섬에 갔을 때, 조개탄 난로 위에 양은 도시락을 쌓아놓고 데워서 파는 것을 굳이 사 먹은 까닭은 추억이 담겨 있어서였다.

그리움의 무게

이지현

멀리서 거리를 보면
사람들은 물처럼 고였다가
또 흩어지고 있다

멀리서 바라보는 일은
멀어지는 거리만큼
마음이 잠시 떠나는 것

허나 우리 사이에
잠시 거리를 두는 것은
그리움의 무게를 달기 위해서다

고구마 빠스

재료: 고구마, 설탕, 식용유

1. 고구마를 먹기 좋게 자른 뒤 물에 담가 전분기를 뺀다. 약 150~160도 온도의 기름에 골고루 뒤적이며 튀긴다.
2. 설탕:식용유=3큰술:1큰술을 약불에 올린 프라이팬에 연한 갈색 시럽이 되도록 녹인다.
3. 튀긴 고구마를 2번에 재빨리 버무린다. 시럽이 접시에 붙지 않도록 미리 기름칠 해둔 접시에 올린다.

고구마는 가장자리의 색이 갈색빛이 나도록
  살펴 보면서 튀기면 된다.

달콤한 위로,
고구마 빠스

　　김소운의 수필 『가난한 날의 행복』에는 고구마 밥상이 나온다. 가난한 시인의 아내는 집에 쌀이 떨어지자 고구마로 그날의 끼니를 만든다. 그러면서 이런 가난한 시간도 있어야 나중에 얘깃거리가 생긴다면서 무안해 하는 남편을 위로한다. 마음 쓸쓸하지만 두 사람에게 먼 훗날의 이야깃거리가 될 수 있다면 현재도 행복할 것이다.

　어릴 때는 고구마밥을 한 공기 가득 퍼주면 '집 형편이 어려워졌구나'라고 생각했을 정도로 고구마를 가난의 상징으로 여겼다. 이제와 생각해보면 별식으로 차린 것이었다. 중국 가정식을 다룬 드라마 〈배니일기호호흘반〉에서 남주인공이 부상을 당하자 여주인공이 고구마밥이 원기를 회복하는데 좋은 음식이며, 효능이 참마와 같다고 말하며 차려준다. 그 장면을 보며 '그런 줄 알았으면 어릴 때 고구마 밥을 더 많이 먹을 걸' 하고 아쉬워 했다.

　어린 시절 가을이면 고구마를 캐러 밭에 따라 가곤 했다. 고구마 농사는 짓기도 힘들지만 캐기도 여간 어려운 일이 아니다. 호미질을 잘못 하면 고구마가 흠이 나거나 상처가 생겨서 저장이 어려워지기 때문에 아주 살살 흙을 파내야했다. 고구마 하나를 흙속에서 발견하면 그 줄을 따라 고구마가 줄줄이 딸려 나오는 즐거움도 만만치 않았다. 그러나 종일 허리를 구부리고 고구마를 캐면 그것이 끝이 아니다. 걷어온 고구마 줄기를 또 손질해야 한다. 껍질을 벗겨야 먹을 수 있는 고구마줄기가 큰 함지박에 가득했다. 싱싱해야 잘 벗겨지니 줄기 끝을 잡고 껍질을 쭉쭉 내리면 어느새 손톱 밑이 진갈색으로 물들곤 했다. 경상도에서는 고구마 말린 것을 고구마 빼때기라고 부르는데, 캔 고구마를 되도록 얇게 썰어서 하얀 분이 피도록 가을 햇볕에 바삭하게 잘 말렸다. 가을부터 봄까지 달리 먹을 게 없던 그때 내가 제일 좋아하던 간식이었다. 그래서 고구마를 더 열심히 캐서 가마니가 수북해지면 행복했다.

　겨울이면 군구고마 장수가 어김없이 나타났다. 큰 드럼통에 벌겋게 나무를 때면서 고구마를 구울 때면 구수하고 달콤한 냄새 때문에 도저히 그 앞을 그냥 지나칠 수 없다. 대학생 때 서울에 올라와 명동이나 종로를 지날 때면 군고구마 장수가 어김없이 똑같은 모양으로 있었는데, 서울 한복판이면서도 유독 향수를 떠올리게 한 풍경이자 음식이었다.

박동규의 수필집『내 생애 가장 따뜻한 날들』에는 가난하지만 착한 군고구마 아저씨의 이야기가 있다. 전쟁 직후 폐허가 된 서울에서 군고구마 장수가 판잣집에 사는 아이를 돕고, 또 동네 아이들이 그 아저씨의 고구마 사먹기 내기를 하면서 돕는 일을 훈훈하게 쓴다. 국어 교과서에도 실렸던 이야기여서 아이들의 마음을 따뜻하게 했다. 현덕의 소설『고구마』는 고구마에 얽힌 아이들의 오해와 화해를 그리는데, 소박한 음식 하나가 따뜻한 관계를 만드는 흐뭇한 이야기다.

기원전 3000년으로 추정하는 우리나라의 고구마 재배는 조선 영조 대에 일본 통신사로 갔던 조엄이 구황작물로 들여온 것이 시초라고 되어 있다. 실제로 동경에 살면서 호박과 더불어 가장 많이 먹은 것은 고구마였다. 밭에서 캐던 동그스름하고 알이 굵은 고구마와는 달리 일본 고구마는 기름하고 날씬한 것이 속이 붉었고, 맛은 밤보다 더 달콤하고 포근했다.

여고시절 가정실습 시간에 고구마 마탕 만들기가 있었다. 고구마를 잘라 기름에 튀기고 설탕을 녹여서 버무리면 되겠지 하고 우습게 안 요리였다. 그러나 고구마를 태우지 않고 잘 튀기기도 어렵고 설탕을 잘못 녹이면 엿 범벅이 되어서 얼굴과 책상 위까지 끈적거리던 만들기 어려운 음식이었다.

얼마 전에 인천 차이나타운에 갔다가 탕후루를 사먹었는데 시럽이 실처럼 줄줄 따라 나오길래 옷에 묻으면 어떻게 할까 걱정했는데 기우였다. 그 시럽을 손이나 입에도 묻지 않게 만드는 것이 노하우라고 한다. 고구마 빠스가 바로 그런 요리다.

고구마를 제일 맛있게 요리한 것이 고구마 빠스가 아닐까 생각한다. 우리나라에서는 마탕이라고 부른다. 중국어로 빠스는 말 그대로 설탕이나 엿을 묻혀서 실처럼 늘어나는 것을 말한다. 고구마 빠스를 아이들이 제일 좋아해서 가끔 만든다. 껍질을 까면 바로 시퍼렇게 변해버리는 고구마는 물에 담가 갈변을 막고 전분질을 제거한다. 그리고 수분이 많으면 기름이 튀기 때문에 최대한 물기를 제거해야 한다. 잠시도 자리를 비우면 시럽이나 고구마가 타버리고 만다. 간단해 보이지만 사소한 부분에도 신경이 많이 가는 요리다.

류시화의 시 「고구마에게 바치는 노래」에서 고구마가 어떻게 그 많은 벌레의 유혹을 물리치고, 돌투성이의 흙을 당분으로 바꾸었는지 놀랍다고 한다. 그처럼 못나고 상처투성이의 고구마 하나도 자신을 열심히 지키고 있는 모습을 보면, 고구마를 먹을 때마다 따뜻한 위로가 맑은 샘물처럼 마음속에 흐른다.

달걀말이

재료: 달걀 6개, 소금 1작은술, 설탕 1큰술, 미림 1큰술, 육수 2큰술, 건다시마, 가다랑어포

1. 물에 마른 다시마를 조금 넣고 끓이다가 불을 끄고 다시마를 건져낸다.
2. 1번에 가다랑어포를 조금 넣었다가 약 5분 후 체에 걸러 육수를 만든다.
3. 약불에 프라이팬을 올리고 달걀 물을 나누어 부으며 돌돌 말아준다.
4. 뜨거울 때 김발에 올려 모양을 잡는다.

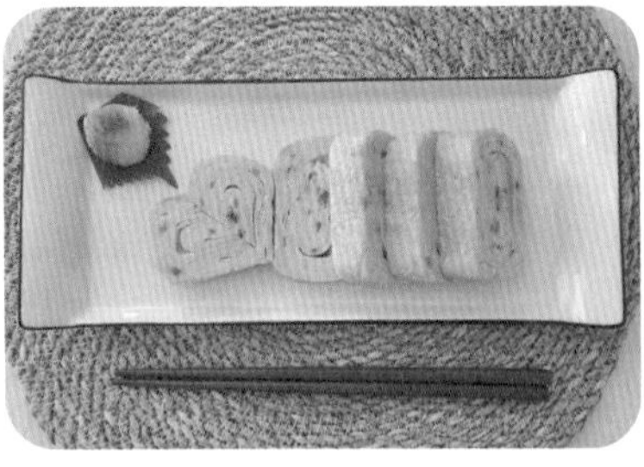

유년의 느낌표,
추억의 달걀말이

　　　　　우리집에서는 넓은 마당을 이용하여 닭을 대량
으로 길렀다. 원래의 집에서 뒷집을 한 채 사고, 또 옆집을 한 채
사면서 야금야금 마당이 넓어지는 바람에 실속 있게 양계를 했
다. 공무원인 아버지의 월급으로는 여섯이나 되는 자식의 뒷바라
지를 할 수 없던 엄마의 궁여지책이었을 것이다.

　닭 사료로 쓰기 위해 쥐치를 상자째로 사러 갈 때는 덩달아 시
장 구경을 쏠쏠하게 할 수 있는 날이었다. 쥐치 등의 생선을 늘 끓
여서 집은 구수하고 달큰한 생선 냄새와 닭 냄새가 범벅이었다.
그때만 해도 쥐치를 쥐포로 먹는다는 생각은 꿈도 꾸지 못할 때
였다. 모양도 볼품없던 두꺼운 껍질의 쥐치는 10여 년이 흐른 후
에야 쥐포라는 이름의 달짝지근하고 쫄깃한 쥐포로 변했는데, 그
때 나는 '어떻게 닭 사료를 사람이 먹지'라고 생각했었다.

비록 양계장에 갇힌 닭이지만 흙을 먹여야 한다는 생각에 뒷산 깊숙이 검고 찰진 흙을 캐러 부대자루를 들고 엄마와 외삼촌을 따라 다니기도 했다. 닭이 먹어야 건강해진다는 말에 검은 흙을 캐려고 호미를 들고 열심히 팠다.

알이 깨지면 언제나 우리 차지였다. 그때 얼마나 달걀을 먹었던지 오랫동안 날계란 냄새가 코끝에 늘 감돌았다. 방송국 어린이 합창단이었던 동생과 내가 노래를 부르러 가는 날에는 아버지가 보는 앞에서 막 낳은 뜨끈한 달걀을 젓가락 끝으로 위아래에 톡톡 구멍을 내서 먹어야만 했다. 날달걀을 먹어야 목청이 좋아진다고 믿은 것이지만 나는 느끼해서 질색을 했다.

어느 날 아침에 일어나면 흙구덩이를 판 족제비가 닭을 물어간 경우도 있어 너무 분하고 안타까운 마음에 발을 동동 굴렀다. 양계장 안에는 족제비가 드나든 둥근 구멍이 파여 있었는데 무서우면서도 닭을 지키고 싶어서 그 안에 앉아 있기도 했다. 군대에 계란을 납품하는 군납일이 다가오면 온 식구가 둘러앉아 잔뜩 쌓인 달걀을 흠 하나 없이 말끔하게 닦았다.

소풍가는 날에 특별히 싸가는 삶은 달걀은 우리에게 신기할 것도 없었다. 뜨거운 밥에 달걀 노른자를 깨뜨려 간장과 마가린을 넣고 비빈 음식은 추억이 되었다. 어느 날 아버지가 어디선가 버터를 구해 왔을 때 달걀 간장밥의 진수를 깨달았다. 70년대 새마을 운동으로 마을에서 양계를 금지하자 그 넓은 마당은 포도덩굴로 덮였다. 닭을 키우던 마당이라 비료가 자연적으로 잘 되어서 어떤 식물도 저절로 쑥쑥 자랐다.

이렇게 달걀은 어릴 때부터 나에게 매우 익숙한 음식이었다. 달걀만이 아니라 부화한 병아리도 내 방에서 같이 지냈는데 연노랑 병아리들이 삐약거리면서 느낌표 같은 발자국을 톡톡 찍고 다녔다.

삶거나 생으로 먹는 데만 익숙했던 달걀 요리에 감탄하게 된 때는 동경에서였다. 특히 달걀찜을 하려고 밥솥에다 찌면 표면이 분화구처럼 우툴두툴했었는데, 일본 달걀찜을 본 순간 그 매끈한 부드러움에 감탄할 수밖에 없었다. 두툼해서 1개만 먹어도 배가 부를 듯한 달걀말이는 진노랑 머플러를 두른 듯이 포근하고 두터웠다. 마침내 이 달걀말이 요리를 배운 것은 아침부터 밤까지 매일 요리만 하는 프로그램의 어린이 요리 시간이었다.

요리 시연으로 유명했던 소학교 아이가 어찌나 감칠맛 나게 요리를 가르쳐주는지 누구라도 쉽게 배울 수 있을 정도였다. 프라이팬에서 반반씩 나누어 이쪽저쪽 부어가며 말다 보면 저절로 마트에서 파는 보기 좋은 달걀말이가 되어 나왔다.

주요섭의 소설 『사랑손님과 어머니』에는 달걀 요리를 좋아하는 사랑손님의 밥상에 놓기 위해 달걀을 사는 옥희 엄마가 나온다.

1930년대 과부의 재가가 편치 않던 시대에 사랑손님은 떠나고 옥희 엄마는 더 이상 달걀을 사지 않는다. 박완서의 소설 『달걀은 달걀로 갚으렴』에서는 시골에서 귀한 대접을 받던 달걀이 도시에서는 웃음거리로 전락하면서 주인공 한뫼가 실망하자, 선생님이 도시 아이들을 초청해서 자연의 귀함을 보여주라며 권유한다.

이처럼 달걀은 사랑의 감성이거나 시골의 귀한 식재료로 등장하기도 하는 모두 귀한 마음을 담은 것이었다. 유명한 난생 설화인 박혁거세와 알영이야기, 주몽신화 등이 등장하던 때부터 알은 그 안에 생명을 품은 신비롭고 고귀한 것으로 간주했기 때문이다.

헤르만 헤세의 『수레바퀴 아래서』에서 주인공 한스는 주 시험을 엉망으로 치르고 집에 와서 따뜻한 달걀 수프를 먹는다. 시험의 긴장에 지친 한스는 수프를 먹고 푹 잠들고, 다음날 주 시험에서 2등으로 합격한다. 따뜻함과 영양이 듬뿍 든 달걀 수프가 시험 스트레스를 풀어지게 한 것이다. 이처럼 달걀은 영양학적으로 훌륭한 식품이다. 콜럼버스의 달걀이 발상 전환의 화두로 쓰일 만큼 달걀의 변천기는 앞으로도 계속 이어질 것이다.

달걀만큼 어린 시절의 전반부를 차지하던 음식은 없었다. 그래서인지 두툼하게 잘 말린 달걀말이를 보면 한 시절이 둥글게 말려서 그대로 남아버린 듯이 왠지 마음이 뭉클해진다.

그리운 옛집

이지현

꽃들은 꽃들끼리 흔들리며
사랑하고 있었네
짐승처럼 어둠이 내리는 뜨락에는
대추알만한 달빛이
소금처럼 희게 내려 눈부시고
봉화산 우수수 바람소리에 섞여
치자꽃 향기 미닫이를 흔들면
어린 형제들도 꿈으로 일렁였네

산은 깊어도 여우 한 마리 없는
외로운 골짜기
그 옛날 누군가
그리움의 불씨 한 줌 지폈을
봉수대만 보름달로 떠
댓돌 위 그림자로 지고
빈 뜨락에 가득 마음 풀고 있었네

사람이 살던 집
때로 설움과 눈물 한웅큼
낙과로 지고 있었지만
못내 남은 건 아랫목 같은 사랑
고단했던 여인이 눈물로 지었던
그리운 옛집
아직도 생각하면 향기뿐이네

황태구이

재료: 황태 1마리, 고추장, 설탕, 간장, 파, 마늘, 후추, 깨, 참기름

1. 황태는 머리 제거 후, 몸통을 물에 스며들게 적신 다음 젖은 면포에 싸둔다.
2. 고추장 양념 만들기: 다진 파와 마늘 조금, 고추장2 큰술, 설탕 1큰술, 간장 1작은술, 후추 깨, 참기름 소량.
3. 불린 황태를 잔가시와 지느러미를 제거하며 손질 후, 껍질 쪽에 오그라들지 않게 칼집을 넣고, 내장 쪽도 칼집으로 툭툭 끊어준다.
4. 먹기 좋은 크기로 3~4등분 자른다.
5. 초벌구이 유장 만들기: 참기름:간장=3큰술:1큰술
6. 유장 바른 황태를 석쇠나 프라이팬에 앞뒤 타지 않게 초벌구이 한다.
7. 초벌구이한 황태에 2번의 고추장 양념을 꼼꼼히 바른 후 약불에 타지 않게 윤기가 날 정도로 다시 굽는다.

\# 파와 마늘은 되도록 곱게 다져야 황태를 구울 때 타지 않는다.

넉넉하게 진심 어린 맛,
황태구이

백석의 시 「멧새소리」에는 명태에 고드름이 달리도록 처마 끝에 꽁꽁 얼린다는 구절이 있다. 어린 시절 우리집도 늘 그랬는데, 명태만이 아니라 대구도 매달려 있었다.

한겨울 주전부리라면 뭐니 뭐니 해도 대구와 명태를 반건조 했다가 길고 긴 한밤에 쭉쭉 찢어서 벌건 고추장에 푹 찍어먹는 것이었다. 경상도 말의 '삐득삐득하다'는 말은 바짝 말린다는 뜻이지만, 삐득삐득하게 말린다고 해야 명태나 대구를 딱딱하게 말리지 않은 꾸덕꾸덕한 질감을 느낄 수 있어 아련해진다.

대구나 명태는 비린 맛이 나지 않고 담백해서 내가 제일 좋아하는 생선이라 줄기차게 애정했다. 한겨울만 되면 대구나 명태가 찬바람 속에서 얼른 삐득삐득하게 말라가는 모습을 보려고 고개를 꺾어가며 기다리곤 했다.

대구나 명태나 똑같이 제사상에 올랐지만 그 격은 조금 달랐다. 중요하고 큰 제삿날이나 차례상은 대구를 썼지만 보통의 제삿날은 명태를 썼다. 명태전은 노란 치자물을 들여서 황금색이 나게 부쳐서 올렸고, 노랗게 잘 마른 황태포도 제상에 놓였다.

대구는 알배기가 귀해 값을 더 쳐주어야 샀다. 알배기 대구를 사는 날은 제일 신나는 날이었다. 대구알젓과 대구아가미젓을 만들 수 있었기 때문이다.

'서해 조기, 남해 대구, 동해 명태'라고 하듯이 남쪽 지방의 어시장에는 그때 내 몸통의 반 만한 대구가 풍년이었지만 비쌌다. 그런데 명태는 아무리 사도 명란젓을 만든다는 알이 없었다. 내장을 손질 한 채 팔아서 가끔은 어느 생선이 더 득이 되는지 아리송할 정도였다. 다행히도 두 생선이 같은 대구과라서 명태가 대구를 대신해도 상관이 없을 정도로 명태를 사랑했다.

생태는 탕을, 황태는 구이를, 북어는 고사 지내거나 장을 담글 때 매다는 용으로, 명태나 동태는 전 부칠 때 이용했는데, 처음에는 같은 생선이라고 생각지 못했다. 그러다가 제 이름 하나 제대로 가지지 못하고 불리는 존재임을 알게 되었을 때 애처로운 연민까지 생겨버린 생선이다.

그래서일까. 명태처럼 산 자와 죽은 자의 사이에 가로놓인 생선은 없을 것이다. 제사상에 오르는 것은 말할 것도 없지만, 동네 고사상에도 빠지지 않았다. 누군가의 집에서 굿이라도 하는 날이면 북어는 한 해 내내 그 집 문 위에 앙상한 몸으로 위태롭게 걸려 있었다.

학교 다닐 때 무가를 채집하는 리포트를 쓰느라고 서대문구 국사당에 여러 차례 간 적이 있다. 아픈 소년을 위한 굿이 열리는 장면에서 무당이 작두를 타기도 했지만 북어를 들어 소년을 향해 던지던 주술을 본 적이 있다. 수차례 던지다가 마침내 북어 대가리가 밖을 향하자 비로소 굿은 끝나고 소년은 병이 나은 것인지 정신이 돌아온 모습을 보았는데, 북어의 쓰임새에 대해서 화들짝 놀랐던 장면이었다.

인제를 지나며 황태 덕장을 거쳐 간 적이 있다. 눈이 내리는 한겨울에 꽝꽝 얼어붙은 황태들이 덕에 걸려 하나같이 입을 벌린 모습을 보면서 문득 최승호의 시 「북어」가 떠올랐다. 시에서는 말도 못하고 딱딱하게 굳어있는 북어를 식료품 가게에서 만나지만 나는 한겨울 덕장에서 황태를 만난 셈이다.

시에서 북어들은 인간이 불쌍하다고 생각하며 커다란 입을 벌리고 '너도 북어'라고 외치는데, 그때 덕장의 황태들도 나를 보면서 하나같이 입을 벌리고 연민하고 있다는 느낌이 들었던 건 굳이 그 시를 떠올렸기 때문만은 아니었다. 덕장에 쭉 늘어선 황태국밥집에서 양푼이 가득 우윳물처럼 뿌연 황태국 한 그릇을 뜨끈하게 먹는 순간 깨달았다.

그것은 두 달여 동안 영하 15도 이하의 날씨를 가까스로 견디면서 스무 번 이상을 얼었다 녹았다 하며, 자신의 몸을 치열하게 단련하여 우리를 훈훈하게 만드는 영양 가득한 황태만이 진심으로 가질 수 있는 마음이었다.

그때 황태국밥집 주인은 황태 말리는 일이 자꾸만 뜻대로 되지 않는다고 걱정을 했었다. 덕장에서 황태를 말리는 일은 하늘도 도와주어야 하는 일이라고 했는데, 과연 하늘과의 컬래버레이션이 잘 되고 있는지 그 이후 문득문득 잊지 않고 떠오른다.

오래 전에 명태를 산 채로 바다에서 잡아오면 포상금을 준다는 기사가 있었다. 사라지는 명태를 향한 애타는 구애인 셈이다. 황태를 사면 생산지가 한국이 아닌 것은 아주 오래전부터 흔한 일이 되었다. 한대성 어류인 명태는 이제는 러시아산으로 적혀 있다. 건조하는 곳은 황태 덕장이라고 적혀 있지만 명태는 이제 멀리서부터 느릿느릿 다가온다.

태백산맥에서 봄바람이 불면 덕장의 황태들을 거둔다고 한다. 얼마 전 국립중앙박물관 관람을 하면서 그 안의 식당에서 코다리찜을 먹었다. 어딜 가나 명태의 이름을 가진 음식을 먹는 일은 엄동설한을 견디는 생활 속에서도 넉넉한 마음을 가져야 한다는 은연 중의 위로를 받는 일이다.

언젠가 장수한 할머니가 하루도 거르지 않고 황태국을 30년 이상을 삼시세끼 먹고 있다는 인터뷰 기사를 본 적도 있다. 명태가 다양한 이름을 가진 것에는 그만한 이유가 있을 것이다. 온갖 다양한 요리에 응용되는 것은 말할 것도 없지만 그 이름에 걸맞은 숙취 해소나 간 해독 작용 등의 엄청난 효능을 볼 때는 이름보다 그 내면의 단단함이 더 중요함을 깨닫는다. 오죽하면 명태는 가요와 가곡으로도 이미 인기를 얻고 있을까.

백석의 시 「북관-함주시초 1」에서는 막 칼질한 무에 고추를 넣어서 명태 창난젓에 버무린다. 백석은 그 얼큰하고 비릿한 무김치의 맛으로 함경도인 북관에서 신라까지 시공을 뛰어넘고 있다. 이제 내가 그 시를 떠올리며 혹한을 견디고 제 몸을 넉넉하게 내어 위로하러 온 얼큰한 황태구이의 마음을 순하게 받아들이고 있다.

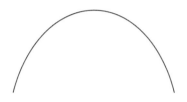

2부 지극한 위로의 맛

곤드레밥

재료: 곤드레, 참기름, 된장, 고추장 혹은 막장

1. 삶은 곤드레는 깨끗이 씻어 먹기 좋게 자른 뒤 참기름에 조물조물 해둔다.
2. 씻은 쌀을 압력솥에 넣고 물은 평소보다 약간 적게 잡아 1번의 곤드레를 올린다.
3. 비빔장: 된장이나 막장(혹은 간장), 참기름

\# 냉동 곤드레를 사면 조리가 편하다. 건조 곤드레는 하룻밤 물에 불려서 그 물에 삶는다.
\# 묵나물 냄새가 싫으면 쌀뜨물에 하루 담갔다가 그 채로 삶는다.

정선아라리의 깊은 향기,
곤드레

4월 말에서 5월 초에 '곤드레 산나물 축제'라는 이름으로 정선5일장이 선다. 〈정선아리랑〉에서 '삼 동서가 곤드레 만드레한 골짜기로 나물하러 가고, 곤드레 딸 적에 님의 맘만 같다면 그것만 뜯어 먹어도 봄 한철을 산다'고 노래하듯 곤드레는 정선의 대표 나물이다.

이 노래는 우리나라 3대 민요로 아리랑의 시초가 되었다. 이 노래가 7,000개 이상이 채록되었다는 연구 결과는 정선의 깊은 골짜기처럼 사람들의 마음에 한이 첩첩이 쌓였기 때문이리라. 그러나 노래 속에 등장하는 여성들은 체념하거나 한탄만 하지는 않는다. 임과 이별하고 싶지 않다고 말하는 적극적인 여성이 등장해서 정선의 짙은 산나물향처럼 생생하다.

봄나물을 사러 정선 장에 간 날, 미남배우 원빈이 배우가 되고 싶다고 하자 그 부모가 "정선 장에 가면 천지에 널린 게 너처럼 생긴 사람인데 무슨 배우냐."고 했다는 일화를 듣고 한바탕 웃었다. 정선 장에는 당연히 원빈 같은 미남은 없고, 취나물, 다래순, 참나물, 참두릅, 개두릅, 오가피순, 뽕잎, 곤드레, 방풍나물, 더덕, 고비, 도라지, 달래, 쑥 등의 온갖 산나물만 지천이었다. 정선5일장은 지역 주민이 신토불이증을 발급받아 노점을 연다. 평생 산나물을 팔았을 할머니가 캔 취나물을 두 자루 사자 실파처럼 튼실하고 푸릇한 달래가 덤으로 딸려 왔다.

정선의 옛 이름인 '잉매'는 강이 굽이쳐 흐르는 좋은 땅이라는 의미였다가, 통일신라 때 정선이 되었다. 곤드레는 먹으면 어혈도 풀리고 혈압이 떨어져 무기력해 보이거나, 술 취한 사람처럼 바람에 이리저리 흔들리는 모습 때문에 붙은 이름으로 알았다. 그런데 정선에 가서 흘러내리는 두 물이 어우러지는 아우라지 강을 보았을 때, 왜 곤드레인지 이마를 탁 때렸다. 아우라지 강을 보며 어울려 사는 삶의 이치를 자연스레 체득하고, 산골에 갇혀 풀길 없던 한을 긴 강물에 스르르 띄워 보낸 정선 사람들의 모습, 어떤 응어리도 곤드레하게 푼 부드럽고 순박함이 만든 이름이었다.

곤드레는 고려 엉겅퀴로 부르기도 한다. 그 연보랏빛 꽃을 좋아해서 화분에 심었다가, 꽃이 지자 마치 민들레 홀씨처럼 씨들이 날아 다녀 당황했던 적이 있다. 그걸 보며 민들레처럼 곤들레란 이름도 어울렸을 것 같다고 생각했다. 그리고 정선의 깊은 산골에서 자생하며 살아야 곤드레 다운 것을 깨달았다.

구황식물이었던 곤드레를 말리거나 냉동한 것을 조리하면 부풀어서 양이 기분 좋게 많아진다. 김남극은 시 「첫사랑은 곤드레 같은 것이어서」에서 첫사랑 여자네 옆의 곤드레 밥집에서 나물이 드문드문 섞인 밥에 막장을 비벼 먹고 싶다고 노래했다. 이처럼 곤드레는 향이 깊어서 간장 양념장보다 막장이 제격이다.

정선의 곤드레 밥을 먹을 기대로 유홍준의 『나의 문화유산 답사기』에 나온 '옥산장'에 갔었다. 간장 양념으로 곤드레 밥을 비벼 먹게 해 도회적인 맛에 실망하다가, 김유정 소설 『동백꽃』에서 주인공이 점순이에게 첫사랑을 느꼈던 생강나무인 노란 동백을 보며 마음을 달랬다. 정선에는 생강나무와 오가피나무조차 길거리 나무였다. 길을 걷다가 한쪽 팔을 잡아서 흘깃 돌아보니 오가피나무 가시가 정선을 떠나지 말라는 듯이 옷깃에 탁 걸렸다.

코레일이 운행하는 관광열차의 시초가 바로 정선5일장 열차다. 이제 깊은 산골까지 뗏목 대신 레일로 달린다. 다시 그곳에 간다면 메밀부꾸미와 곤드레 보리만두를 먹겠다. 그 옆에는 허리 굽은 할머니에게 산 정선장의 산나물이 몇 자루 기막힌 향을 풍기며 정선사람들처럼 점잖게 앉아 있을 것이다.

짜장대파구이

재료: 양파 많이, 호박과 돼지고기는 조금, 생강, 대파, 춘장, 전분가루

1. 대파는 속심을 빼고 어슷하게 채 썬 뒤 찬물에 담가 매운맛을 뺀다. 레몬 껍질을 물에 띄워 두면 대파에 레몬향이 밴다.

2. 짜장 소스는 춘장:기름=1:3의 비율로 볶고, 춘장이 끓으면 바로 불을 끈다. 오래 볶으면 춘장이 딱딱해지므로 주의해야 한다.

3. 다진 생강과 고기를 볶을 때 불 맛이 나도록 간장 1큰술을 넣고, 양파를 오래 볶다가 호박을 마지막으로 넣어 볶는다.

4. 2번의 볶은 짜장에 3번의 볶은 채소를 섞어 물 1컵 넣고 끓이다가 물전분 1큰술을 넣는다.

5. 마지막으로 설탕 1큰술을 꼭 넣고, 참기름을 조금 넣은 후 불을 끈다.

6. 일회용 비닐에 두부, 튀김가루 1큰술, 오일 1큰술을 넣고 살짝 흔들어준 뒤 두부를 굽는다.

두부 굽기는 에어프라이어에서 180도 15분 혹은 프라이팬에 노릇하게 굽는다.
양파는 오래 볶아야 맛있고, 맨 마지막 설탕 1큰술이 꼭 들어가야 한다.

마음도 번쩍 위로 받는
짜장대파구이

집을 짓고 이사한 날, 골목 어귀에서 유명 중국집을 발견하자 다들 웬 횡재냐는 표정들이었다. 값도 싸고 기름기가 많아 쉽게 허기지지 않는 짜장면은 신속배달의 기능까지 더해 대표적인 이사음식이다. 짜장면집이 흔치 않았을 때는 기념일에만 갔고, 이름도 하나같이 무슨 반점이라고 했다. 어릴 때 중국집 앞을 지나면 화교였던 중국인들의 낯선 언어로 선뜻 접근하기 어려웠지만 짜장면만은 선망의 음식이었다. 짜장면 맛으로 중국집을 품평할 정도로 국민 음식에 대한 향수는 만만치 않다. 양파와 돼지고기를 굵직하게 썰어 춘장과 함께 볶다 물과 전분을 넣는 옛날 짜장 맛에 길들어, 물과 전분을 넣지 않은 간짜장은 싱거울 정도다.

오래 전에 진짜 짜장면이 궁금해서 인천 차이나타운의 최초 짜장면 집인 '공화춘'에 가서 먹었지만 맛은 대동소이했다. 원조집에서 먹은 뿌듯함을 제외하면 국민음식 짜장면의 평등함을 알게 된 눈물겨운 순간이었다. 현재 공화춘 자리는 '짜장면박물관'이 들어서있다. 공화춘의 맛을 그대로 이었다는 차이나타운의 중국집에서 일부러 옛날 짜장면을 먹었는데 세월이 흘러도 짜장면의 맛이 변함없다는 유쾌한 확인을 했다.

정진권의 수필 『짜장면』에서 중국집은 좀 어두침침해야 하고, 방은 퍽 좁아야 하고, 허술한 앉은뱅이 식탁은 낡고, 고춧가루 그릇이나 식초병은 때가 끼고 금이라도 가야 운치 있다고 했다. 낡고 알록달록한 발을 걷으며 들어가서 먹었던 옛날 짜장면집이 궁금하다면 수필 속 묘사 딱 그대로라고 생각하면 된다. 지금의 정갈한 중국집에 익숙한 사람들에게는 무척 낯선 중국집의 모습이겠지만 가끔은 낡은 옷을 걸친 듯한 그런 익숙한 공간에 들어가 보고 싶다.

한때 자장면이 표준어였지만 대부분 쓰지 않았다. "자장주세요." 하니 맛도 반감되고 그 밋밋한 어감에 졸릴 지경이었다. 짜장면 곱빼기라고 외칠 수 있는 이름은 짜장면이 제격이다. 오랫동안 익숙한 이름은 추억이고 감성이다.

짜장면은 외래 음식으로는 유일하게 한국의 100대 문화 상징에 들어갔던 적도 있다. 그만큼 짜장면에 대한 국민감성이 만만치 않다. 짜장면은 임오군란 당시 청나라 군대를 따라온 중국 상인들이 소개한 음식이다. 여기에 공장 춘장이 나오고 미국이 구호품으로 밀가루를 원조하며, 1960년대에 양파가 대량 재배되었다. 분식 장려운동까지 겹쳐 짜장면의 가격이 떨어졌고 이내 전성시대를 이룬다. 짜장면과 양파는 불가분의 관계다. 기름에 번들거리는 양파의 향과 단맛이 없었다면 짜장면이 과연 국민음식으로 살아남았을까.

음식의 전래란 그 나라나 지역에 들어가면 그곳에 맞게 변형된다. 우도에서 먹었던 톳짜장면처럼 그 지역만의 창의적인 발상이 중요하다. 요리는 자연이 문화로 변형되는 보편적 수단이라는 레비-스트로스의 말을 빌리면 짜장면이야말로 시대를 뛰어넘는 문화코드다.

짜장면집 앞에서 유리문을 사이에 두고 수타로 면을 뽑는 그 프로의 경지를 넋을 잃고 보는 날은 문을 드르륵 열고 들어가서 막 삶은 수타면에 갓 볶은 짜장이 얹힌 커피색의 짜장면을 먹어야 한다. 짜장 소스를 두부에 올려 먹으면 살 찔 염려는 접어도 되겠다. 거기에 검붉은 흙을 힘차게 밀고 올라오는 푸른 대파가 들어간 짜장면이라니.

짜장 대파구이를 먹는 날은 마음속에 찬바람이 지나간 날이라도 하루를 위로받는 느낌으로 흐뭇하다. 정호승의 시「짜장면을 먹으며」에서 슬픔을 섞어 침묵보다 맛있는 짜장면을 먹으며 살아봐야겠다고 하듯이, 짜장면 한 그릇은 위로를 번쩍 들어올린다.

전복 넣은 야키소바

재료: 시판 야키소바, 간장 1큰술, 청주 1큰술, 참기름, 전복

1. 당근, 양파 등의 채소들을 가늘게 채쳐서 기름 두른 프라이팬에 볶는다.
2. 전복은 솔로 씻어 숟가락을 이용해 떼고, 가장자리의 이빨만 떼버린 뒤 잘라서 살짝 볶는다.
3. 1, 2번에 야키소바를 넣어 간장과 청주를 더하면서 볶고, 참기름은 불을 끈 후 섞는다.

우동 볶음

재료: 우동면, 새우 3마리, 갑오징어 몸살, 숙주, 양파, 당근, 가다랑어포, 생표고버섯, 청피망

1. 각종 채소와 해물은 손질 후에 볶는다(숙주는 빼고 나머지 재료만 볶는다).
2. 1번에서 볶은 재료에 우동면을 넣고 다시 살짝 볶는다. 숙주는 맨 마지막 꺼내기 전에 숨만 죽게끔 아주 살짝 볶는다.
3. 접시에 낼 때 가다랑어포를 위에 뿌린다.
4. 양념: 청주 1큰술, 간장 1큰술, 미림 1큰술, 소금 1/3큰술, 참기름 약간

국수가 있는 풍경,
볶음 우동

처음 동경에 도착했을 때 멋진 일식을 먹을 수 있을 거라고 잔뜩 기대했지만 그 희망은 즉시 사라졌다. 일본은 요리 마니아들이 많은지 텔레비전 요리 프로그램이 끊이지 않았다. 하지만 음식은 대체로 달고 짜서 입맛에 맞지 않았다. 국수야말로 만국의 음식이니 먹을 수 있겠지 하고 마트를 기웃거리다가 발견한 것이 바로 야키소바였다.

중국은 국수의 종류를 총칭해서 면, 일본은 면류(麵類)라고 한다. 면은 기원전 5000년경에 아시아에서 시작되어 전파되는데, 일본인에게 소바는 모든 면 요리지만 특히 메밀을 가리키며 우동보다 더 상위로 친다. 일본에서 소바는 흉년일 때 구황작물로 사용되었다고 한다. 밀가루로 면을 만든 야키소바는 우리 식으로 하면 데리야키 소스를 이용한 해물볶음면으로 볼 수 있다. 우동이라고 하면 우리는 굵은 면을 생각하는데 야키소바의 면은 라면처럼 가늘다. 야키소바는 냉장고의 해물이나 채소를 깡그리 넣고 만들 수 있는 일석이조의 음식이었지만, 역시 느끼해서 한국에서 가져간 고춧가루를 팍팍 뿌려야 먹을 수 있었다.

일본식 소바를 떠올릴 때면 구리 료헤이의 소설 『우동 한 그릇』이 압권이다. 세 모자가 그해의 마지막 날인 섣달 그믐이면 북해도의 식당에서 한 그릇의 소바를 사서 셋이 나눠먹는다. 그들의 가난을 눈치 챈 식당 주인의 인정과 배려로 세 모자는 따뜻한 한 해를 마무리한다. 또 그 마음을 발판으로 착하게 살면서 성공한다. 소설 속의 식당 이름이 '북해정'이라서 추운 겨울의 삿뽀로를 떠올리자면 국물 있는 우동으로 번역한 것도 따뜻해 보여 훈훈하다.

책에서는 가케 소바로 나오는데 일본에서 가장 기본적인 소바다. 일본식 간장에 설탕과 미림을 첨가하고 숙성시켜 여기에 가쓰오부시 포를 우린 농축된 쯔유로 국물을 한다. 농축된 쯔유에 뜨거운 물을 타면 가케 소바, 찬물을 타면 냉소바다. 가케(かけ)란 '늘어뜨리다'의 의미로 면이라는 것을 바로 연상할 수 있다.

일본에서는 그해의 마지막 날에 해를 넘기면서, 무사하고 안 좋은 일은 잊기를 기원하기 위해 소바를 먹는 풍습이 있다. 이어령은 이 소설에 대해 『축소지향의 일본인: 그 이후』에서 검약과 자신에 주는 포상으로 해석해야 한다고 했다. 어쨌거나 세 모자가 한 그릇의 따스한 우동을 나눠먹으며 한 해를 기념하고 다음 해를 맞는 의식은 따뜻하고 아름답다.

손원평의 소설 『아몬드』에서 주인공인 윤재는 편도체 이상으로 공감능력을 상실한 인물이다. 그런 윤재가 자신의 감정을 심 박사에게 솔직하고 진지하게 털어놓는 자리에는 우동과 메밀국수가 있다. 사람들의 감정 변화는 흔히 익숙하고 정겨운 느낌의 음식 때문이거나 배려심 많은 인물 때문이다. 『우동 한 그릇』에서는 가난한 세 모자에 대한 소바집 주인의 인정과 배려가 나오고, 『아몬드』에서는 공감능력을 상실한 채로 태어난 윤재를 따뜻하게 대하는 어른이 있다.

내게는 마산 '창동분식'의 우동이 제일이다. 면 음식이라면 자다가도 벌떡 일어나는 나는 일본에서 살 때 이런 저런 다양한 종류의 우동을 먹어봤지만 그 집의 우동에는 비할 수가 없었다. 여중고 시절 그 집 우동을 사먹기 위해 교통비를 아껴 모으느라고 학교서 집까지 먼 길을 걸어오면서도 힘든 줄 몰랐다. 낡고 우그러진 노란 양은 냄비에 가늘게 채 썬 유부와 파란 시금치로 맛을 낸 시원한 국물에 굵은 면발의 우동을 후루룩 들이켜면 몇 가닥 잡히지 않아서 그렇게 아쉬웠다. 언젠가 마산으로 여행을 갔을 때 어기지 않고 들른 곳이 바로 창동분식이었다. 여전히 채 썬 유부와 시금치로 국물을 낸, 변해버린 도시와는 달리 맛을 그대로 간직한 그 우동을 먹으면 순식간에 여고 시절로 되돌아 갔었다.

서울에서는 마땅한 우동집이 없어서 동생들이 다니던 이화여대 앞의 우동집 '가미'를 단골처럼 갔다. 그나마 '창동분식'의 우동 맛을 떠올릴 수 있는 집이어서 동생들을 기다린다는 핑계로 걸핏하면 가서 우동과 주먹밥을 먹곤 했다. 얼마 전 이사 온 집 근처에 미슐랭 우동 맛집이 있다고 해서 일부러 찾아갔더니 텁텁한 고기 육수라 시원한 맛이 없어서 실망했다.

방학 때 서울에서 집으로 가는 길에는 무궁화열차가 대전에서 정차하였다. 그 잠깐의 시간 동안 사람들이 가락우동을 먹으러 우르르 내리던 풍경까지 순식간에 지나간다. 간이 우동 한 그릇 때문에 열차에서 얼른 내리는 사람들은 먹으러 가는 것보다 열차가 데려다주는 귀향의 향수, 겨울의 온기를 느끼러 간 것이리라.

누군가에게 내가

이지현

누군가에게 내가
그리워지는 사람이면 좋겠다.
붉은 연서는 단 한 번 받지 못해도
새로 오는 봄날의 꽃들이
후르르 떨어질 때,
오래 기억해주면 좋겠다

누군가에게 내가
시를 읽어주는 사람이면 좋겠다
먼 길에 서서 한 번도 인사를 못했지만
마음속에 쿵쿵 물소리로 흐르며
깊은 목소리가 강을 건널 때
빛나는 날들로 쉬게 하면 좋겠다

누군가에게 내가
더 그리워지는 사람이 아니고
따뜻한 시 한 편을 굽지 못해도
적막한 들판을 걸어갈 때나
우묵한 골목을 굽이 돌 때나
마주 앉아 뜨끈한 국수로 마무리하는
푸른 저녁의 시간을 보내면 좋겠다

비프스튜

재료: 고기, 채소(당근, 양파, 감자, 샐러리), 버터, 마늘,
　　　 향신료(월계수 잎, 정향, 생 파슬리)

1. 당근, 양파, 샐러리, 감자, 고기는 적당히 썰어 놓는다.
2. 고기는 밀가루를 살짝 발라 핏기만 가시게 굽는다.
3. 냄비에 브라운 루를 만든다.
4. 다진 마늘을 넣고 볶다가, 샐러리만 빼고 1번의 채소를 볶는다. 간은 소금과 후추로 한다.
5. 만들어 놓은 루에 샐러리 제외한 볶은 채소, 볶은 고기, 향신료(정향, 월계수 잎, 파슬리 줄기), 물 2컵을 넣고 약불에 끓이다가 약 1/3 정도로 줄면 샐러리를 넣고 불을 끈다.

\# 파슬리 잎은 다져서 마지막에 뿌릴 때 쓰고, 줄기는 버리지 말고 5번 끓일 때 향신료로 쓴다.

〈브라운 루 만들기〉

1. 버터:밀가루=1:2의 비율로 넣고 약불에 갈색이 돌 때까지 볶는다.
2. 1번에 토마토 페이스트(케첩이나 토마토퓌레도 가능) 반 큰술 넣고 볶는데 이때 반드시 불을 끄고 잔열에 볶는다.

마음을 위로하는 해결사,
비프스튜

비프스튜는 만능으로 먹을 수 있는 자박한 국물 음식으로 소면, 밥, 빵, 쌀국수, 바게트 등과 한 끼 걱정 없이 딱 어울린다. 오므라이스나 하이라이스의 소스로도 응용할 수 있다. 아무리 맛있는 음식이라도 효용성이 좋아야 하는데, 스튜야말로 바로 그런 음식이다. 토마토를 사용하면 고기가 연해지며 냄새도 안 나고 스튜 색이 보기 좋다. 외국인이 선호하는 육류 요리법은 굽기, 튀기기, 스튜의 순서라고 한다.

피카소는 그의 마지막 여인 자클린이 점심 식사로 자주 뱀장어 스튜를 요리하자 이를 기념하여 그림 〈뱀장어 스튜〉를 그렸다. 뱀장어의 상징성은 차치하더라도, 연인이 스튜를 끓여주자 그림을 바침으로써 그녀를 영원히 행복하게 해줄 수 있기를 바란 사랑의 헌사가 더 멋진 건 스튜가 건네는 따뜻함 때문이리라.

스튜가 건더기 있는 자작한 국물 요리라면 우리의 찜과 조림의 중간쯤으로 볼 수 있겠다. 스튜는 개별적으로 덜어 먹을 수 있는 음식인데 반해 우리식 찜 요리는 국물을 톡톡히 두어서 함께 떠 먹는다. 최일남의 소설 『석류』에서 국에다 밥 말아 먹는 민족이 우리 말고 또 있을까 할 정도로 우리는 찜이나 조림조차 국물이 다소 자작하게 잡혀야 한다.

애니메이션 영화 〈라따뚜이〉에서 프랑스의 채소 요리 스튜인 라따뚜이를 만드는 생쥐가 나오는데, 그의 고군분투를 보고 있으면 흐뭇하다. 라따뚜이를 먹은 음식 비평가는 순식간에 유년의 추억 속으로 빨려 들어가 엄마가 만들어주던 스튜, 라따뚜이를 먹으며 행복했던 어린 시절을 떠올린다. 비평가는 접시의 소스를 손가락으로 찍어 먹지만, 영화적 비주얼을 강조하기 위해 라따뚜이를 볶음 요리처럼 보이게 해 국물이 없다. 실제 라따뚜이는 국물이 자작한 따뜻한 스튜 요리다.

그처럼 나도 접시의 소스를 손가락으로 찍어먹고 싶을 정도로 멋진 추억의 아귀찜 요리가 있다. 마산에서는 아구라고 불렀다. 아귀찜은 마산이 시초로, 처음 만들어서 판 '진짜 원조초가집'에서 먹었던 뿌듯한 추억이다. 아버지와 함께 간 곳은 말 그대로 진짜 '초가집'으로, 처마 아래에는 아귀가 주렁주렁 매달려 잘 마르고 있었다. 찜을 먹으러 밀려든 사람들 때문에 우리는 대청마루에 앉아서 먹었다. 화끈하게 매운 맛은 어린 우리의 입맛마저 사로잡아 접시 위 시뻘건 국물에 밥까지 넣어 싹싹 긁어 먹었다.

맛에 대한 호기심으로 부엌에 갔더니 비법을 지켜야 해서 외부인은 출입금지라고 했다. 그러나 계속 부엌 앞을 떠나지 못하고 기웃거리자 어린아이가 무엇을 알랴 생각했던지 출입을 허락했다. 불 때는 아궁이 위에 3~4개 정도의 대형 가마솥이 걸려 있고, 솥 뚜껑을 열자 말린 아귀와 양념을 넣고 푹 졸이는 중이었다. 아귀는 그늘에서 말려야 하고, 된장을 넣는 것이 바로 특급 비법이었다.

스튜나 찜은 재료가 익어갈 동안 서로 스며들어 조화를 이루는 음식이다. 오랜 시간을 들여 요리하는 아름다운 인내의 음식이다. 특히 찜 요리는 오랜 시간 조리를 하기 때문에 소화도 잘 되고 맛도 부드러워서 반상차림에 빠지지 않는 기본음식이다.

박철의 시 「버리긴 아깝고」에는 찢어진 시집이 버리기 아까워 아귀찜 주인에게 주는 화자가 나온다. 이번에는 그 주인이 양이 많아 버리긴 아깝다며 아귀찜을 먹으라고 주는데 서로 눈짓을 주고 받는다. 찜이나 스튜는 그렇게 깊은 눈짓을 나누며 먹는 은근한 음식이다. 오래 전 원조 아구찜 집의 부엌에서 내가 아줌마와 은근한 눈짓을 나누었듯이. 다시 그 남쪽 도시를 간다면 '오동동 진짜 원조초가집'의 매운 아귀찜을 먹으며 푸른 바다 한 쪽에 그리움의 시를 걸어두고 오겠다.

주먹밥

재료: 강황가루, 김가루, 파프리카가루, 새싹보리가루

1. 밥이 살짝 식으면 소금 약간과 참기름을 더해 밥을 골고루 뒤섞는다.
2. 1번의 밥을 조물조물 모양 잡아서 각 가루들에 보기 좋게 굴린다.

가끔은 간단한 한 끼가 필요해,
주먹밥

　　도저히 잘 차려먹을 수가 없을 정도로 바쁜 날
에는 삼각김밥이나 주먹밥에 맑은 국만 있어도 시간이 여유롭
고 가볍다. 일본 영화 〈카모메 식당〉에서 주인공이 핀란드에 식당
을 차린 이유로, 소박하지만 맛있는 음식을 핀란드인은 알아줄
것 같아서라고 말하며 주 메뉴를 주먹밥(오니기리)으로 정한다. 일
본인에게 있어 주먹밥은 고향의 맛이라고 소개하지만 그녀 자신
에게도 주먹밥은 소울 푸드다. 엄마를 여읜 주인공에게 운동회와
소풍날은 아빠가 연어, 매실, 말린 생선을 넣은 주먹밥을 만들어
준다. 그녀에게 주먹밥은 추억과 위로 음식인 셈이다. 위로 음식
(Comfort Food)의 정의는 편안하거나 위안이 되는 음식, 어릴 적 추
억이나 집에서 만든 음식이다.
　　영화의 첫 장면에 주인공의 뒤편으로 하얀 국화가 꽂힌 꽃병이

보인다. 우리가 장례식에서 사용하는 흰 국화는 일본 황실의 문장을 상징하는 꽃이다. 오니기리와 일본 황실의 상징 꽃을 연결시키며 일본 문화를 저 먼 북국의 나라에까지 전파하는 일본의 치밀함을 문득 엿본다.

미국의 《월스트리지저널》에서 김과 미역을 한국의 슈퍼푸드라고 소개하기도 했는데, 그 정도로 김은 우리와 친한 식재료였다. 세계에서 김을 가장 많이 먹는 나라는 우리나라와 일본이다. 어렸을 적에는 식사 때마다 김에 기름칠 해서 소금을 뿌려 굽는 당번이었다. 김은 그렇게 조미해서 밥 위에 하나씩 얹어 먹었고, 김밥은 특별한 날에만 썼다. 일본에서 살 때 조미 김을 구하려고 했지만 팔지 않았다. 우리는 조미김이라는 매우 창의적인 조리 방법을 만들어냈던 것이다.

우리나라와 달리 일본은 '오니기리'라고 하는 한손에 딱 들고 먹을 수 있는 음식을 만들었다. 동경에 살 때 깜짝 놀랐던 점은 일본사람들이 김으로 싼 작은 밥을 들고 다니면서 어디서나 먹는 풍경이었다.

오니리기는 일본어의 '쥐다'나 '잡다'의 의미에 정중함을 나타내는 말인 '오お(御)'를 붙인 단어이다. 조그맣게 밥을 쥐어서 초밥을 만든 일본인들은 쉽게 주먹밥이나 오니기리를 만들었을 것이다. 오니기리는 이동할 때 휴대가 간편한 음식이 필요했던 사무라이

문화의 하나로서 도요토미 히데요시가 일본을 통일할 당시에 널리 이용되었고, 제2차 세계 대전 이후 전쟁을 효율적으로 치르려던 수단으로 쓰였다.

일본에 가보니 음식을 조리해서 파는 것도 소량씩이었다. 그러니 주먹밥이나 삼각김밥 등은 우리의 식습관으로는 빨리 유행할 수 없었다.

우리나라에도 주먹밥이 없었던 것은 아니다. 멀리 길을 떠날 때 소금 친 주먹밥은 요긴한 끼니였다. 그러나 우리의 식사 예절은 얌전히 앉아서 음식을 먹고, 밥도 고봉밥으로 먹어야 잘 먹었다고 생각했다. 오죽하면 우리는 밥사발이라고 하고 밥공기란 말은 그보다 조금 더 작은 그릇으로 쓰일까.

주먹밥은 한국전쟁 중에는 허기를 면하려고 먹었다. 1980년 5·18 민주화 운동 당시 광주 양동시장의 노점상들이 배고픈 학생들에게 만들어주었다는 주먹밥 이야기를 잊을 수 없다. 아들이 군대에 있을 동안 전쟁 체험을 하느라 주먹밥을 먹었다고 했다. 이처럼 주먹밥은 간편하게 먹을 수 있어서 눈물과 아픔을 같이하며 슬픈 시대를 대변하는 음식이기도 했다.

우리나라에서는 삼각김밥이 일본보다 늦게 유행했다. 2000년대 초에 편의점이 유행하면서 삼각김밥도 폭발적인 수요를 맞았다. 삼각김밥의 종류가 하도 다양해서 지금은 일본의 오니기리보다 훨씬 맛있고 창의적인 한 끼 식사대용이 되었다. 이런 속도라면 언젠가 삼각김밥이 우리의 소울 푸드가 되지 않을까. 우리도 한 편의 영화를 찍으면서 세계에 스며들어가는 음식 스토리텔링을 만들 필요가 있다.

발효되는 사랑

이지현

푹 곰삭은
우리 사랑 같은 젓갈 조금
인생에도 고명으로 올리고 싶어
사랑이나 인생이나
곰삭아야 제 맛인 걸 잘 알면서
사랑은 언제나 혼자서만 삭아 내리네

저 오지 항아리
반짝 윤나는 비밀의 힘으로
푹푹 우리 사랑을 발효시켜
이제 뜨겁고 김나는 흰 밥 위에
퍼 올리는 군군한 젓갈 맛처럼
작대기같이 긴 인생의 아슬함에
맛깔나게 놓고 싶네

푹 곰삭아
바다향기나 생미역의
애끈한 향내로
우리 사랑도 칼칼하겠네

새우머랭튀김

재료: 새우, 계란, 밀가루, 소금, 후추, 가니시용 파슬리와 레몬

1. 새우는 껍질 제거 후, 등 쪽 둘째 마디를 이쑤시개로 찔러 내장 빼낸다. 말리지 않고 일자가 되도록 배 쪽에 칼집을 세 번 정도 넣고, 밀가루에 먼저 초벌로 굴려둔다.
2. 계란 흰자와 노른자를 분리한다. 흰자만 거품기로 머랭을 치는데 뿔처럼 뾰족하게 모양이 생기면 다 된 것이다.
3. 노른자에 밀가루 3큰술, 소금, 물 2큰술, 설탕 한 꼬집과 2번의 머랭을 2큰술을 넣는다.
4. 1번의 새우에 머랭 반죽을 묻히고 중불에 튀긴다.

\# 머랭은 흰자를 굳게 저어 주는 것이다. 3번에 머랭을 넣어서 저을 때는 살살 가볍게 저어야 글루텐이 생기지 않고, 폭신폭신하고 부드러운 튀김옷이 된다.

\# 가니시: 요리를 돋보이게 해서 맛을 더하기 위한 장식 요리

흰 눈 같은 풍미,
새우머랭튀김

"고래 싸움에 새우등 터진다", "새우로 잉어를 잡는다" 등의 속담에서 새우는 사소한 존재를 의미한다. 정약용은 「탐진어가」에서 말하기를 어촌 민가에서는 낙지탕을 즐겨 먹고, 붉은 새우 녹색 맛살은 꼽지 않는다고 했는데, 새우로서는 자못 억울할 것이다. 궁중 진상품이 나던 강진에서 올라온 토하젓을 먹으면 이름처럼 시골 흙담에서 맡던 그 알싸한 냄새가 났었다. 1급수 물에서 잡은 민물새우를 찹쌀밥과 양념으로 버무린 토하젓은, 알갱이가 오돌오돌 씹혀서 뜨거운 밥 위에 얹어 먹으면 밥도둑이다.

백석의 시 「여우난 곬족」에 등장하는 무이징게국은 새우젓으로 간을 맞춘 무국인데 이북 음식만은 아니다. 할머니는 가을 생무를 채 썰어서 국을 끓일 때 된장을 풀고 새우젓으로 간했다. 간간 짭쪼롬하면서 된장의 텁텁한 맛이 상쇄되어 무의 시원한 맛이 배가 된다.

신경림의 시 「목계 장터」에서 민물새우 끓어 넘는 토방 툇마루라는 구절을 읽었을 때, 그 구수한 토장국은 마누라도 쫓아내고 먹는다는 가을 아욱에 새우를 넣은 것이라고 지레 짐작을 했다. 그만큼 새우가 들어간 국물은 비할 데 없이 감칠맛이 나고 시원 구수하다.

새우젓은 체했거나 돼지고기를 먹을 때 곁들이면 좋은 가정 상비약이다. 언젠가 답사 여행에서 광주를 지날 때 새우젓으로 간하는 콩나물국밥을 먹지 않아 몹시 후회했다. 제 고장의 콩나물국밥과 새우젓은 어디서나 먹을 수 있는 게 아니기 때문이다.

새우는 옛 그림에서 등이 굽어 해로(海老)로 불렸다. 이를 부부의 해로(偕老)로 해석하거나, 갑옷 형태의 허리를 자유롭게 구부리는 모습 때문에 잘 풀린다는 의미로 그렸다. 고래가 콧속에서 돌아다니는 새우 때문에 재채기를 하자, 왕새우가 고래 콧구멍에서 튕겨져 나와 큰 바위에 허리를 부딪쳐서 새우 등이 꼬부라졌다는 전래 동화는 해학이 넘친다.

일본 정월의 명절 음식인 오세치 요리에서 새우는 허리가 굽을 때까지 장수하기를 기원하는 길한 음식에 들어간다. 동경에서 살 때 유명 튀김집에서 참기름 반, 튀김 기름 반을 부어서 새우튀김을 하는 것을 보고 깜짝 놀란 적이 있다. 원래 그렇게 튀김을 하는 것인지 고급 요리로 만들기 위한 것인지는 아직도 모르지만 믿어지지 않는 광경이었다.

　마산 어시장에 가면 드럼통마다 이름도 모르는 새우젓이 가득했다. 어시장 아줌마들은 '새부'라고 불렀다. 특히 김장 무렵에는 새우젓을 대형 깡통으로 사곤 했다. 이사 와서 살게 된 마포구는 해마다 '새우젓 축제'를 연다. 마포하면 새우젓 장사로 각인될 정도로 '삼개포구'로 불리던 마포나루를 통해 새우젓이 거래되던 일을 기념하고 재현하는 축제다. 온갖 새우젓이 가득가득 쏟아져서 마치 그 옛날 번성하던 마포나루를 보는 듯한 느낌으로 흥겹다.

　트럼프 대통령이 방문했을 때는 청와대 공식 만찬에 독도새우가 올랐다. 또 일제 시대 때 광산용으로 뚫어놓은 토굴에서 숙성시킨 광천토굴새우젓이 지금은 지역 경제를 돕는다는 기사를 읽으며, 새우라는 재료는 역시 시대와 조우하는 범상한 식재료가 아니라는 생각이 든다.

　영화 〈포레스트 검프〉에서 주인공 검프는 베트남전에서 죽은 친구의 꿈인 새우잡이를 대신한다. 새우잡이 배의 선장이 된 검프는 새우가 바다의 과일과 같다며 이를 이용해서 다양한 요리를 할 수 있다고 했는데, 거기에 추가해서 우리는 새우장을 만든다. 언젠가 주문진 근방의 어느 허름한 식당에 들렀을 때 텅 빈 식당을 지키고 있던 주인 아줌마가 공짜이니 먹어보라고 딱 4마리를 주던, 처음 먹어본 간장 새우장의 맛은 아직도 잊히지 않는다. 새우의 식감이 너무 탱글하고 짭쪼름해서 시킨 음식은 안 먹고 남은 장에다 밥까지 싹싹 비벼먹었더니 "울 남편이 새벽에 동해서 잡아와서 바로 담갔으니 당연히 싱싱하고 맛있재."라고 정겹게 말했다. 그날 이후 집에서 담가도 그 맛이 나지 않았다. 막 잡은 싱싱한 새우를 사용해야 하는데 새우는 성질이 급해서 잡으면 곧바로 죽기 때문에 절대로 흉내 낼 수 없는 음식이었다.

인천 소래포구축제에 갔을 때 살아있는 새우가 수족관마다 넘쳤지만 새우를 그대로 살려올 재주가 없어서 마치 '그림의 새우'였다. 지금 흰 눈 같은 타르타르소스를 얹은 새우머랭튀김이나 고소하고 풍미 가득하게 먹으며 새우의 바다 향기나 가득 품겠다.

등심 스테이크

재료: 스테이크용 고기, 가니시 채소(당근, 시금치, 양파, 감자)

1. 당근, 감자를 삶은 뒤 감자는 튀기거나 굽고, 당근은 설탕 1큰술, 물 2큰술을 넣은 뒤 윤기 나게 졸인다.

2. 시금치는 양에 따라 15초 정도 살짝 데친 후 양파 다진 것과 같이 볶는다.

3. 스테이크 고기는 소금, 후추, 오일을 약간 바른 후 칼끝을 세워 콕콕 찍어서 힘줄을 몇 번 끊어준다. 고기 두께 약 2.5~3cm를 기준으로 센 불에서 앞뒤로 1분 정도씩 육즙이 빠지지 않게 구우면 레어가 된다. 미디엄을 원하면 불을 줄여서 다시 앞뒤로 약 2분 정도씩 굽는다.

사진에는 감자가 없지만 레시피 대로 감자를 가니로 내면 좋다.

〈그래비 브라운소스 만들기〉

재료: 양파, 당근, 샐러리, 버터, 밀가루, 토마토 페이스트, 물, 월계수 잎, 정향

1. 양파, 당근, 샐러리를 채 썰어 버터에 볶는다.

2. 버터:밀가루=2:4의 비율로 약불에 버터를 녹여 밀가루 넣고 갈색이 되도록 볶다가 토마토 페이스트 1큰술 넣어 다시 볶는다.

3. 2번에 물 2컵과 월계수 잎, 정향을 넣고 볶은 채소들도 넣어 은근히 끓인다.

4. 다 끓으면 소금과 흑후추로 간하고 체에 내려서 소스를 만든다.

완벽한 기분 전환,
등심 스테이크

　　김시습은 한시 「도중」에서 말하기를 객창에서 오랫동안 고기 맛을 못 보았다고 한다. 떠돌아다니는 나그네의 신세에도 고기는 먹고 싶은 음식이었다. 조선 시대 그림 〈야연(野宴)〉에는 전립투를 올려놓고 숯불 화로에 소고기를 구워먹는 장면이 있는데, 따로 둔 상에 2개의 그릇은 육수가 담겼을 것으로 보아 움푹한 곳으로 전골을 해먹었을 것으로 추측한다. 당시 소 도살 금지령이 내렸지만 고기를 먹을 수 있다면야 추위도 개의치 않는 장면이 오히려 해학적이다. 유득공은 「위로(圍爐)」에서 이런 전립투의 모양을 테두리와 구멍이 한 덩어리며, 가운데는 움푹 패고 가장자리는 볼록하다고 묘사한다. '난로를 둘러싸다'라는 제목으로 보아도 당시 고기를 구운 후에 국물 있는 전골을 먹는 것을 사람들이 얼마나 좋아했는지 알 수 있다.

요즘 볼 수 있는 불고기판은 가운데가 둥그렇게 올라와 있고, 가장자리로 육수가 흘러 밥을 비벼먹게 되어 있다. 유득공이 말한 불고기판과는 오히려 반대의 모양이다. 어릴 때는 형제들이 많아 불고기를 먹는 날은 흘러내린 육수에 참기름도 귀했으니 1~2방울 떨어뜨려서 밥을 비벼먹는 게 더 맛있었다. 동네에 '옛날 불고기집'이 생겨서 호기심에 들여다보니 둥그런 옛날 불판에 고기를 구워먹는 것이었다. 사람들의 향수 때문인지 늘 긴 줄이 있었다.

고기 요리에 관한 이야기는 어느 시절이나 있다. 1930년대 김기림의 시집 『기상도』에 실린 시 「자최」에는 화려한 서구식 메뉴판이 등장하지만, 비프스테이크를 탐욕하다고 표현하여 서구문명에 대한 거부감을 드러낸다. 그러나 유리문 밖에서 그 냄새를 맡으며 시대의 바람을 외면하지는 못한다. 마치 소 도살 금지령 속에서도 몰래 고기를 구워먹던 그 옛날의 사람들처럼.

소는 인간을 위해 전적으로 희생하는 가축이다. 부위별로 그 쓰임새도 다르다. 사실 인류가 탄생하면서 수렵을 통해 고기를 얻을 때는 두텁게 썰어서 그대로 구워먹었고, 그 음식의 기억이 스테이크로 진화했을 것이다. 스테이크를 할 때 육즙을 가두느라 겉면을 먼저 지지는 것이라는 화학자 리비히의 의견은 이제 사실이 아닌 것으로 판명 났지만, 맛을 유지하는 데는 필수 과정이다.

구운 스테이크는 소스를 뿌려 먹기도 하지만 추억에 젖을 때는 고기에 올리브유를 바르고 작은 꽃이 피는 타임(thyme)을 가득 뿌려두기도 한다. 이렇게 하면 타임 향이 배어서 맛이 아주 좋다. 백리향이라 부르는 타임은 어릴 때 살던 남쪽 지방의 집에 천리향 나무 곁에서 소담스레 자랐다. 천리향은 집 골목을 들어설 때부터 꽃향기가 설레도록 진했지만, 그 옆에서 백리향은 생색 없이 있었다. 후에 이것이 타임인 것을 알았을 때, 향기 높은 천리향보다 쓸모 있어서 사소한 존재란 없다는 것을 깨달았다.

타임은 트로이 전쟁의 여주인공 헬레나의 눈물에서 생긴 것이라는 전설이 있다. 그리스어로 '소독하다'에서 유래했다고 하니 살균 기능으로도 이용할 수 있다. 스테이크는 자주 먹을 수 없지만 가끔 기분 내고 싶을 때 잘 어울리는 멋진 음식이다.

김선우의 시 「고바우집 소금구이」는 살아서는 절대 서로의 살을 만져 줄 수 없는 생고기 덩어리와 두꺼운 비곗살이 불판 위에서 정겹게 만나는 장면을 그린다. 그처럼 고기 요리를 할 때는 옛날 할머니가 그랬듯이 비계로 철판을 쓱쓱 문질러서 굽고 싶다.

오스트리아 슈니첼

재료: 감자, 버터, 생 파슬리, 얇은 고기, 밀가루, 계란, 빵가루

1. 감자는 통으로 삶는다. 잘 익으면 버터와 이태리 파슬리를 넣고 잠깐 볶는다.
2. 고기는 밀가루, 계란, 빵가루 순으로 발라 튀긴다. 이때 고기는 기름에 넣자마자 프라이팬을 살살 흔들어 표면에 쭈글쭈글한 질감이 나타나게 한다.

빵가루는 강판에 갈아 곱게 만들고, 고기도 두드려서 5~6mm 정도로 얇게 편다.

환대의 한 접시,
오스트리아 슈니첼

아이들이 친구를 데려오면 돈가스만 준비해도 최고 인기였다. 돈가스는 오스트리아 슈니첼이 일본에 유입되면서 돼지고기 튀김이 된 것이다. 일본은 천황이 불교를 받아들이며 육식금지 조치를 내렸는데, 메이지유신 이후 고기가 안 보이도록 튀김옷을 입혀 거부감을 줄이기 위해 돈가스가 나타났다.

슈니첼과 돈가스는 다르다. 돈가스는 도톰한 고기 튀김인데 반해 슈니첼은 나비 모양의 살코기를 최대한 얇게 두드려 펴서, 강판에 갈아 밀가루처럼 부드러운 빵가루를 입힌 것도 모자라 공기층이 들어가도록 기름에 여러 번 흔들고 굴려서 조리한다. 슈니첼의 의미도 독일어로 '잘라낸 조각, 얇게 저민 살코기'이다.

갖은 정성이 들어간 슈니첼은 순식간에 전 세계를 사로잡아 각 나라마다 다양한 변형이 일어났다. 돈가스가 도톰한 고기여서 소스를 끼얹어야 부드러워지는 반면, 슈니첼은 극도의 부드러움을 강조하기 때문에 지방 성분의 소스보다는 산뜻한 비네거 소스로 버무린 목 넘김이 좋은 감자요리를 곁들여도 충분하다.

슈니첼의 본 고장인 오스트리아 비엔나의 100년이 넘은 전통 식당에서 실제로 슈니첼을 먹어 본 동생의 말에 따르면, 슈니첼은 원래 딸기잼을 곁들여 먹으며 얼마나 부드럽고 연한지 흉내 내기도 힘든 맛이라 했다. 가서 먹을 수는 없으니 들은 얘기만으로도 입맛을 다신다.

미국 뉴욕에서 오래 살던 조카가 한국을 방문했을 때 가장 먹고 싶은 음식으로 돈가스를 꼽아서 깜짝 놀랐다. 어디서나 쉽게 먹을 수 있는 돈가스는 아닌 모양이었다. 나는 도톰한 고기에 빵을 강판에 밀가루처럼 아주 곱게 갈아 튀김옷을 입혀 만들었다. 조카는 처음 먹어보는 돈가스라고 했는데, 바로 슈니첼과 돈가스의 컬래버레이션 음식쯤 된 셈이다.

돈가스를 처음 먹어본 장소는 마산의 창동에서다. 당시에는 서양 음식을 먹는 식당을 경양식집이라 불렀다. 젓가락 대신 나이프와 포크가 나와 어설프고 어정쩡하게 먹으면서 고기 맛보다 먹는 방법이 더 신기했던 기억만 난다. 고기보다 튀김옷이 더 두꺼워 밀가루만 많이 씹히던 세련되지 못한 돈가스였다.

여고 가정시간에는 포크와 나이프 쓰는 방법까지 배우고 시험도 치렀다. 양식을 먹는 방법을 배우면서 격식이 너무 까다로워 반복해서 암기해도 막상 실전에서는 쭈뼛거렸던 것이다.

이런 돈가스는 서울로 유학을 왔던 우리에게 꿈의 음식이었다. 방학 때 집으로 오가기 위해 서울역에 가면 가장 먼저 돈가스 냄새를 떠올리곤 했다. 이상의 『날개』에도 등장한 서울역 경양식 레스토랑. 천장이 높던 그곳의 돈가스는 한번쯤 먹어보고 싶던 음식이었지만 그 말쑥한 신식 여성 같은 경양식집을 언감생심 학생의 신분으로는 갈 수 없었다.

요시모토 바나나의 소설 『키친』에 달걀 프라이를 올린 돈가스 덮밥은 지독한 고독과 죽음에서 용감하게 벗어나기를 결행한 '위로 음식'으로 나온다.

가츠동으로 불리는 이 돈가스 덮밥은 우동과 함께 일본의 대표 간편식으로, 동경에 살 때 한국의 포장마차처럼 서서 먹을 수 있는 곳이나 탁자 1~2개 정도만 놓은 음식점에서 만만하게 먹었다. 일본의 덮밥은 돈가스, 달걀, 버섯, 튀김, 생선 등을 밥 위에 올리고 소스를 끼얹어 준다. 여러 가지를 차리지 않아도 되는 간편식처럼 느껴져서 편리하게 먹을 수 있었다.

오래 전 꿈의 음식이었던 돈가스. 이제 마음껏 먹을 수 있지만 한 덩어리의 고기를 썰 때면 추억들이 모자이크처럼 조각된다.

해물 짬뽕

재료: 채소(배추, 부추, 당근과 호박 조금, 마늘, 대파, 양파, 목이버섯), 생면, 계란, 물전분, 해물(새우살, 오징어)

1. 냄비에 물 3컵(1인분 기준)을 부어 끓으면 채 썬 마늘과 파를 넣고, 국간장 1큰술, 맛술이나 청주 1큰술 넣어 간을 맞춘다.

2. 면을 삶는 동안(150g 기준 4분 정도) 계란물을 체에 내리고, 물전분을 만들어 둔다.

3. 1번 육수에 부추를 제외한 채소들을 넣어 끓이다가 물전분으로 농도를 맞춘다.

4. 계란물은 덩어리가 지지 않도록 젓가락을 타고 붓고, 간은 소금과 흰 후추로 한다. 해물은 맨 나중에 넣는데 국물이 팔팔 끓으면 부추와 참기름을 넣고 불을 끈다. 완성된 국물을 면에 부어 먹는다.

물전분 없이 개운하게 먹어도 맛다. 해물은 질겨지지 않게 맨 뒤에 넣는다.

얼큰하게 먹고 싶으면 청양고추 반 개 정도 넣으면 된다.

생생한 글로벌 감성,
짬뽕

마구 뒤범벅이 된 것을 짬뽕이라고 한다. 가끔은 우리의 삶과 사랑도 짬뽕 같다고 느낀다. 그래서 짬뽕이 더 정겹다. 박노해의 시 「300년」에서 이사를 다니다가 짬뽕 국물을 마시며 사라져버린 고향집을 떠올리듯이 짬뽕은 이사음식이면서 향수를 자아낸다는 데 공감한다. 짬뽕은 짜장면과 더불어 이사나 가난 그리고 생의 허기와 닿아있다.

일본 교토여행에서 나가사키 짬뽕을 굳이 먹은 것은 본토에서 그 맛을 제대로 느끼고 싶어서였다. 하지만 생각보다 입맛에 맞지 않았다. 일본은 돼지 뼈로 우려낸 육수를 쓰고, 빨갛게 육수를 만드는 것은 한국식이다. 음식이란 원조가 중요한 게 아니라 그 지역과 조화를 이룬 맛이 더 중요하다는 것을 깨닫는 순간이었다.

우리가 '짬뽕'으로 부르는 차오마멘은 19세기 말 일본 나가사키에 정착한 한 중국인이 처음 만들었다. 그 지역의 가난한 중국 유학생들을 위해 쓰다 남은 채소와 고기, 어패류 등을 볶아 넉넉하고 영양도 많은 음식을 만든 것이 시초라고 한다. 나가사키의 짬뽕의 시초가 된 자리엔 짬뽕박물관이 있다고 한다. 인천 차이나타운에 짜장면 시초인 공화춘 건물을 짜장면박물관으로 만든 것처럼 짜장과 짬뽕에 관한 만만치 않은 향수가 만들어낸 결과물이다.

나가사키는 박지원의 소설 『허생전』에서 허생이 빈 섬에 들어가서 해외무역을 하던 곳인 장기(長崎)다. 이로 미루어 볼 때 당시 나가사키는 수많은 이방인이 모여 살던 곳으로 보인다. 그러니까 온갖 것이 다 들어간 짬뽕이 나온 것이 우연은 아니다. 우리도 20세기 초 인천에 화교들이 진출해서 한국인의 입맛에 맞게 하얀색의 짬뽕을 벌겋게 매운 짬뽕으로 조리했다.

짬뽕이 만들어진 어원이나 유래를 보면 마음이 푸근하다. 짬뽕처럼 된소리가 연이어 나오는 말은 흔치 않지만 음식과 이름이 딱 어울리면서 거부감이 들지 않는다. 짬뽕은 중국말로 '샨뽄(喰飯)', 밥을 먹는다는 의미다. 일본은 '쨘뽕(ちゃんぽん)'이라고 부르는데 이미 서로 성질이 다른 것 등이 뒤섞인 것을 가리키는 짬뽕이란 말이 있었다고 한다. 짬뽕에 관한 각 나라 사람들의 의식이 거의 대동소이하니 뒤섞인 것을 의미하는 것은 맞다.

짬뽕은 애초에 가난한 사람들을 위한 대표적인 서민 음식으로 만들어졌지만, 밥을 먹는다는 어원을 생각하면 모두가 따뜻해지는 이름이다. 어릴 때 동네 어른들이 서로 지나가면서 '밥 묵었습니까'라거나 '밥 묵었나'라고 인사할 때 고개를 갸웃거렸다. 매일 먹는 밥을 왜 먹었냐고 물어보는지 의문이 들었지만 지나고 보니 밥을 먹는다는 것은 살아있음을 확인하는 것이었다.

갈등이 없는 세상을 그리며 얼큰하게 매운 국물로 변형된 우리 식 짬뽕을 한 그릇 먹고 싶은 날에 인천을 갔다가, 항구에서 우크라이나의 옥수수를 실은 보니타호가 정박한 모습을 보았다. 러시아와의 전쟁 이후에 처음 입항한 거대한 검은 배는 전쟁의 암울함 속에서도 희망과 용기를 실은 채 바다 위에 떠 있었다. 전쟁 중에도 곡류를 잔뜩 싣고 온 검고 거대한 교역선.

어떤 상황 속에서도 먹고 살아가야 하는 치열함을 떠올리며, 글로벌한 감성이 들어간 짬뽕 한 그릇을 먹으려고 차이나타운으로 들어섰다. 안도현의 「바닷가 우체국」에서 한 모금의 따뜻한 국물 같은 시를 그리워하듯 바다가 보이는 따뜻한 짬뽕집을 찾아서 수더분한 위로를 받기 위해서였다.

포테이토 크림수프

재료: 양파, 버터, 파, 감자, 월계수 잎, 생크림, 소금, 백후추, 치킨스톡, 크루통용 식빵

1. 감자는 껍질을 벗겨 슬라이스 한 뒤 찬물 담가 전분을 꼭 제거해야 뽀얀 색의 수프가 나온다.
2. 냄비에 버터를 넣고 채 썬 양파, 파를 볶다가 감자도 넣어서 같이 볶는다.
3. 2번에 물 혹은 치킨스톡 2컵, 월계수 잎을 넣고 끓이다가 감자가 푹 익으면 체로 내린다.
4. 소금, 백후추, 생크림 1큰술 넣고 그릇에 담은 후 크루통을 올린다.

재료가 다 익으면 월계수 잎만 건져낸 뒤 믹서기로 한 번에 갈면 간편하다.
치킨스톡 대신 맑은 육수를 사용하거나 물만 사용해도 깔끔하다.
크루통은 굳이 없어도 괜찮다.

감미로운 내리사랑,
포테이토 크림수프

감자 요리에 대한 환상은 여고 시절 가정시간에 했던 감자고로케 만들기로부터 시작되었다. 한 학년 위인 고종 사촌 언니가 어느 날 학교 복도로 불러내더니 김이 막 나는 튀김을 먹어보라고 주었다. 가정 수업 실습시간에 만든 것인데 내 생각이 나서 가져왔다는 것이다. 창문 너머로 친구들이 부럽게 쳐다보는 시선을 느끼며 이름도 처음 들어보지만 맛보기도 처음인 고로케를 먹었다. 까슬한 빵가루 때문에 으깬 감자가 더욱 더 비로드처럼 부드럽게 혀에 닿아 목이 메지도 않게 넘어가던 그 황홀한 맛.

다시는 못 먹어볼 줄 알았던 감자고로케는 다음 해 가정 수업 실습시간에 만들게 되었다. 이번에는 내가 한 학년 아래인 동생을 복도로 불러내서 먹였다. 그 황홀하게 부드러운 맛의 감자 요리는 이렇게 내리사랑처럼 흘렀다.

나의 외가는 감자바우라고 불리는 강원도이다. 그래서인지 외할머니는 감자 요리를 잘하셨다. 감자전에 쑥갓잎을 하나 척 얹으면 화전처럼 예뻤다. 강판에 간 감자로 차돌처럼 동동 뜨는 감자옹심이를 빚어 넣은 수제비는 만들기 어려운 줄도 모르고 어릴 때는 매일 먹기만 바랐다.

 무엇보다도 외할머니의 칼국수는 먹었던 것 중에 제일 맛있는 국수였다. 방 한가운데서 안개처럼 부옇게 피어오르던 반죽의 분과 향기. 아궁이 솥에서는 닭을 푹 끓여 이제 거기에 싹뚝 썰기를 한, 말 그대로의 칼국수를 넣을 참이었다. 할머니가 썰고 있는 면발을 손으로 잡아서 쭉 늘여 털 때마다 새벽 안개처럼 분들이 같이 피었다. 하교 후 배가 고파 헐레벌떡 달려 온 손녀를 위해 외할머니가 끓인 닭칼국수였다. 그런데 면발이 어찌나 고소하고 탱탱하게 쫄깃한지, 맛있어서 정신 없이 한참 먹다가 여쭤보니 감자를 넣어서 반죽한 면이라고 하셨다.

 역시 외할머니는 감자 요리의 달인이었다. 배고픈 나를 순식간에 미식의 세계로 안내한 것을 보니 감자가 구황작물이었다는 말은 틀림없다.

 김유정의 소설 『동백꽃』에서는 소작인의 아들인 주인공과 마름집 딸인 점순이 사이에 삶은 감자로 인해 닭싸움까지 벌어지는 사건이 발생한다. 1920년대만 해도 감자는 소작인의 집에서도 만만히 먹을 수 있는 음식이 아니었던 모양이다.

그랬던 감자가 이제는 어디서나 누구나 먹을 수 있는 흔한 작물이 되었으니 다행이다. 감자의 역사에 대해 연구하는 사람들에 의하면 인류를 기아에서 구제한 고마운 식품이며, 인구가 폭발적으로 증가하는데 기여한 작물 중의 하나로 여긴다.

얼큰하고 푸짐한 음식을 먹고 싶을 때는 감자탕집을 가곤 한다. 저렴하면서도 밥을 신나게 먹을 수 있지만 돼지 뼈가 더 많은데도 이름은 울퉁불퉁한 감자가 물려받았다. 돼지보다 한 수 위의 채소는 아마 이 감자가 전무후무하지 않을까.

무소유를 말하던 법정스님의 수필집 『오두막 편지』에서 등장하는 음식은 고추, 감자, 고구마, 옥수수다. 스님의 음식은 매우 소박해서 음식이라 부르기도 힘든 것이었다. 스님은 기름지고 걸쭉하고 느끼한 것을 좋아하면 담백하고 깔끔한 음식을 대하기 어려워 학처럼 곱게 늙기도 불가능하다고 했다. 나누는 삶으로 자연과 함께 살던 스님의 음식에 감자가 포함된 것을 생각하면 감자를 먹을 때마다 위로가 된다.

청록파 시인 박목월은 홍익대 강의를 하는 동안 시 「당인리 근처」를 쓴다. 당인리에 터를 마련해서 움막 같은 집을 짓더라도 보리, 수수, 감자를 심고 싶다고 한다. 이처럼 감자는 소박한 생활을 드러내기 위해 차용하는 작물이다. 지금 내가 당인리에 살고 있지만 감자는커녕 텃밭도 없다. 문득 감자가 도시의 삭막함을 두드러지게 만든다는 생각이 든다.

영화 〈마션〉은 우주 화성에 홀로 남게 된 식물학자 마크 와트니가 척박한 토양에서 감자를 키우며 생존해나가는 내용이다. 진실의 문제를 떠나서 그 많은 작물 중에 감자를 키운다는 내용이 매우 특이했다. 씨감자로 키우는 작물이어서 아마 가능하지 않았을까. 종자를 뿌려서 키우는 것이라면 살아남을 수 있었을까 싶다.

강원도가 고향인 외할아버지는 늘 가마니째로 감자를 서늘한 그늘에 두곤 했다. 집에 삶을 감자가 떨어져 가마니 속의 감자는 왜 못 먹느냐고 여쭤보면 그건 씨감자여서 남겨 두어야 한다고 하셨다.

그런 것을 보면 감자야말로 자신의 몸에서 이미 스스로 생존을 체득한 뛰어난 작물이다. 우리도 힘들고 거친 바람을 맞고 지내더라도 스스로 새로운 싹을 내는 생존을 익히면 어려움도 이기면서 살아갈 것이다.

감자의 부드러움은 수프에서 절정을 이룬다. 따뜻하고 부드러운 수프가 마음 안으로 밀려들어오는 순간, 누구라도 삶의 모든 시간을 고마웠다고 생각할 것이다. 누군가를 떠나보낸 시간도, 스쳐 지나간 시간도 그리고 누군가를 미워하거나 그리워한 순간까지도.

허기가 져서 달려 오는 손주에게 목이 메는 고구마와는 다른, 포슬포슬하게 찐 감자를 채반에 막 올려 기다리던 외할머니의 마음 같은 따스한 수프. 감자라고 하면 지금은 패스트푸드에 곁들이로 나오니 영양 가치를 상실한 음식으로 생각할지 모른다. 그러나 장수식품에도 들어가는 감자의 순박함과 부드러움은 우리의 마음을 치유하기에 충분히 다정하다.

난자완스

재료: 다진 돼지고기, 죽순(통조림), 표고, 청경채, 대파, 마늘, 생강, 소금, 후추, 달걀, 감자전분, 간장, 참기름, 청주, 후추

1. 향채(대파, 마늘, 생강)와 채소들을 먹기 좋게 손질한다.
2. 다진 돼지고기에 간장, 후추, 소금, 청주, 전분, 달걀 흰자를 넣고 반죽한 뒤 프라이팬에서 굽는다.
3. 물:전분=1:3의 비율로 만들어 둔다.
4. 향채들을 먼저 볶다가 죽순과 표고를 넣어 볶은 후, 간장 2작은술, 물 1컵 넣고 감자전분으로 농도를 조절하며 소스를 만든다.
5. 완자를 넣고 청경채를 넣는다. 청경채가 숨이 죽을 무렵 불을 끄고 참기름 조금 넣는다.

죽순은 끓는 물에 소금 약간 넣고 데친 후, 석회분이 있으면 제거해 준다.

마음을 다스리는 한 입,
난자완스

난자완스(南煎丸子)는 이름에 남쪽이 들어가서 요리의 정체성을 파악하기 좋다. 베이징 여행을 갔을 때 산둥 요리인 이 요리가 베이징 요리의 원형이어서 그런지 식사에 빠짐없이 나왔었다. 매끄럽고 부드러운 고기 맛이 채소들과 달콤하게 어우러져서 영양 면에서도 좋아보였다. 이 요리는 마치 우리의 동그랑땡을 떠오르게 한다. 하지만 우리의 동그랑땡은 부침 요리인 반면 난자완스는 튀김 요리에 속한다.

난자완스에는 꼭 죽순이 들어간다. 중국 각 지역을 여행할 동안 다양한 요리를 먹었는데 대부분 죽순이 들어있었다. 우리 요리에 즐겨 사용되는 재료가 아니어서 중국 요리를 먹을 때면 늘 흥미를 느꼈다. 당나라의 시인 백거이는 '봄 죽순을 먹으면 한동안 고기 생각이 안 난다'라고 했을 정도로 중국에서 죽순은 봄을 상징한다. 대나무의 어린 싹인 죽순은 봄에서 7월까지 맛있게 먹을 수 있고, 우후죽순이란 말처럼 대나무밭에서 쑥쑥 자란다.

동양 3국인 우리나라와 중국, 일본에서는 공통적으로 죽순이 자라는 대나무를 지조나 절개의 상징으로 본다. 세한삼우에 대나무가 들어가거나, 윤선도의 「오우가」는 대나무의 지조를 예찬한다. '대쪽 같다'는 말은 곧은 성품을 말한다. 중국의 소상반죽(瀟湘斑竹) 이야기도 절개를 상징한다. 소동파도 시에서 고기가 없는 식사는 할 수 있지만 대나무 없는 생활은 사람이 저속해진다고 했다. 일본은 자신들의 민족성을 대에 비교하기까지 한다.

그러나 대나무가 자라는 풍경을 직접 보니 그 느낌이 각각 달랐다. 담양의 소쇄원은 대나무숲길을 따라 들어가야 계곡과 정자가 자리 잡고 있고, 그 너머도 대숲을 지나서 자연적인 숲으로 들어갔다. 이처럼 우리의 대나무 숲은 한 폭의 어진 풍경과 더불어 존재한다. 그래서인지 대나무의 고장인 담양은 장수벨트이기도 하다.

일본 교토의 아라시야마의 노노미야 신사 옆에 있는 유명한 대나무 숲 치쿠린을 가서 보니 그곳의 대나무들은 한국의 대보다 크기가 굵고 키가 아주 커서 사람을 위압했다. 일본의 죽도(竹刀)도 대부분 이곳의 대나무로 만든다고 했다. 일본 기행을 쓴 김인겸의 「일동장유가」에는 일본 대마도의 풍광과 인가의 모습에서 대나무가 인상적이었던지 푸르다고 쓰고 있다.

중국은 어딜 가나 유달리 대나무 숲이 많았는데 영화나 드라마의 무술 장면들이 대숲에서 많이 촬영된다. 두보의 시 「춘귀(春歸)」에는 봄날에 '강가 대나무 숲에 이끼 낀 오솔길'을 거닌다고 하는데, 두보 초당에도 대나무밭이 있지만 중국은 정원마저도 대나무로 운치를 돋우고 있었다. 재밌는 것은 중국은 오랫동안 비단 제조법을 극비에 부쳤는데, 서양의 수사들이 누에고치를 속이 빈 대나무 지팡이에 숨겨 죽지 않도록 똥 속에 묻어 가져가 널리 퍼지게 되었다고 한다. 우리도 목화씨를 붓 뚜껑에 숨겨 들어왔는데 이 붓도 대로 만든다. 속이 빈 대나무의 효용이 매우 유쾌하고 쏠쏠하다.

어릴 때 할머니 집에는 시렁 위의 대나무 소쿠리에 늘 간식이 들어 있었다. 생선을 찌거나 동그랑땡을 부친 후에 놓는 채반도 대나무로 만든 것이었다. 외할아버지가 가늘게 쪼갠 대를 불에 살짝 그슬려서 솜씨 있게 엇갈려가며 짜면 주방 도구들이 뚝딱 나왔고, 대나무 통으로 내 필통도 만들어주셨다. 예전에는 부챗살이나 파란 비닐우산의 살도 대나무였다. 이처럼 대나무의 쓰임은 매우 다양해서 생활도구를 만드는 것뿐만 아니라 식재료 보관에도 이용했다. 할머니는 쌀뒤주에 댓잎을 깔아두면 벌레가 생기지 않는다고 사용했는데, 댓잎이 누래지면 새 잎으로 다시 바꿔

주곤 했다. 실제로 차에 관한 시들을 보면 댓잎이나 대 껍질로 꽁꽁 쌌다고 말한다. 댓잎의 살균 효과를 이용한 살림의 지혜였다.

이런 청청한 대나무가 제공한 죽순을 맛있게 먹으려면 녹색을 띠는 것을 선택해서 쌀뜨물로 데친 뒤 찬물에 담가 아린 맛을 제거하면 된다. 난자완스에 들어가는 돼지고기의 반죽이 너무 되면 달걀 흰자를 추가하여 모양이 잘 잡히게 한다. 거기에 아삭한 식감의 죽순은 음식의 미각을 돋운다. 구수한 감칠맛은 다시마 육수로 내면 좋다.

명절이나 제사 때 동그랑땡을 부치려면 혼자서는 힘겨웠다. 그래서인지 전국적으로 유희요로 퍼져 있는 동그랑땡 노래는 매우 역설적으로 느껴진다. 이 노래는 각종 새에 비유하여 부르는데 여성들이 동그랑땡을 부치다가 너무 힘들어 새처럼 자유롭고 싶어서 해학적으로 불렀던 것이 아닐까 하는 생각이 들 정도이다. 이제 수고롭게 부친 동그랑땡이 남으면 난자완스를 맛있게 해먹으면 되겠다.

전 부치는 날

이지현

지짐이라고 불렀지
할머니는 사는 게 지지고 볶는 일이라도
이런저런 거 다 넣고 한꺼번에 폭 가두는 것이라셨지
어떤 날은 부침개라고 불렀지
할머니는 허랑허랑한 마음 붙이는 거라고 하셨지
이런저런 거 다 복잡해도 철판에 척 달라붙듯 사는 거라셨지

비 오는 날은 더 전 생각이 난다고 사람들은 말하네
빗소리와 기름 익는 소리가 닮아서 나는 기묘한 화음
우기의 시간 속에 익어가는 것을 보며
일생이 어딘가에 부딪혀 내는 상처의 소리를 먹으면
중요한 것은 살아가는 것, 살아있는 것이어서
지짐이나 부침개 이름은 ㅁ자의 울짱에 핀 가을꽃들 같네

3부 건강한 희망의 맛

더덕돌나물김치

재료: 더덕, 돌나물, 배즙, 사과즙, 소금, 고춧가루

1. 껍질 벗긴 더덕은 어슷 썰고, 돌나물은 손질하여 잘 씻은 후 물기를 뺀다.
2. 강판에 간 사과즙과 배즙을 걸러 즙만 사용하고, 고춧가루 물은 베 보자기에 담아서 내린다.
3. 1, 2번의 재료들을 섞어 소금 간을 한 후, 더덕과 돌나물을 넣어 그릇에 담아낸다.

봄날의 입맛을 책임지는
더덕돌나물김치

백석의 시 「가즈랑집」에서 돌나물김치에 백설기를 먹는다는 구절을 읽을 때면 어쩌면 그렇게 맛의 배치가 딱 맞는지 음식의 진수를 아는 안목이 놀랍다. 목이 메는 하얀 백설기와 파릇한 돌나물이 동동 뜨는 얼큰한 김치 국물을 먹는다면 어떤 계절을 품는 것이리라. 사찰 음식에도 들어있는 더덕돌나물김치는 생생한 돌나물과 향취 높은 더덕의 만남으로서 바로 봄 그 자체다.

돈나물로도 불리는 이 나물은 돌로 된 무두불을 노란 꽃으로 수북이 에워싸 마치 부처님이 황금색 갑옷을 입은 듯하다고 불갑초라고 불린다. 그래서인지 사찰 음식에도 들어있는 이 김치는 깔끔하고 청량하다.

돌나물은 어릴 때 봄밭에 가면 지천이었다. 돌나물은 한국이 원산지이나 어원은 '앉는다'라는 뜻의 라틴어 'Sedum'에서 유래되었다고 한다. 다른 나물들처럼 흙에서 쑥 뽑지 않고 돌 위에서 마구 번식하는데, 긴 넝쿨처럼 딸려 나와 캐는 재미가 만만치 않고 깨끗하다. 송강 정철은 시에서 '쓴 나물 데워 달도록 씹어 보고, 나막신에 박은 징이 무디도록 다녀 보자'며 봄나물에 취한 흥취를 노래했다. 돌나물 따는 날이 바로 그랬다. 돌나물의 잎이 크고 도톰한 쪽이 달아 따면서 입에 막 넣으면 은단처럼 향기롭게 톡톡 터졌다.

돌나물은 영양가가 풍부하지만 더 놀라운 것은 양기가 많아 음기인 암을 이기는 만능약초라는 점이다. Sedum류의 풀은 번식력이 좋아 생생한 활력을 자랑하지만, 돌나물은 요리 후 세 시간만 지나도 숨이 죽고 향이 달아나서 먹기 직전에 조리해야 싱싱하게 먹을 수 있다. 상큼하게 씹히는 돌나물을 산에 나는 고기라고 불리는 더덕과 함께 물김치로 담그면 식감이 훌륭하다.

윤오영의 수필 「방망이 깎던 노인」을 읽으면 글쓴이는 며느리가 북어 자반 뜯는 모습을 보면서 이전에는 더덕과 북어를 방망이로 쿵쿵 두들겼다고 생각한다. 그러면서 장인정신으로 방망이를 깎던 노인을 떠올린다. 나의 할머니는 더덕을 사면 살짝만 불려서 돌려 깎기로 더덕더덕한 껍질을 벗겼다. 물에 잘 녹는 사포닌 성분을 알고 그러진 않았겠지만 역시 남다른 삶의 지혜다. 그런 후 다듬잇돌에 놓고 방망이로 더덕을 살금살금 두드렸다. 내가 받아서 하면 더덕이 다 찢어졌다. 할머니집 방망이는 하도 손때가 묻고 닳아서 조약돌처럼 반질해 글 속의 그 방망이를 연상하곤 했다.

백영옥의 소설 『실연당한 사람들을 위한 일곱 시 조찬 모임』의 메뉴에는 '봄날의 더덕구이'가 들어있다. 더덕 향기도 좋지만 실연으로 한숨만 쉴 사람들에게 그 음식을 먹으며 편하게 호흡하라는 의미였을 것이다. 더덕은 폐암 환자에 알맞는 식단으로 전설에 의하면 기침을 오래하는 며느리를 더덕장 졸임으로 낫게 한 시어머니 이야기가 있다. 그래서 돌나물과 더덕을 이용한 물김치는 음식 이상의 약재다. 고춧가루 물은 더덕의 쓴맛을 완화해서 누구라도 상큼하게 즐길 수 있다.

비행기 조종사들의 수업 중에 산나물을 공부하는 시간도 있다고 한다. 딸이 약대 공부를 할 때 마른 산나물 및 약초를 30종 이상을 놓고 그 이름을 다 알아맞히는 시험도 치렀다. 우리도 인생의 조종사니 산나물 공부를 열심히 하면 건강도 잘 챙기고 무사히 생존을 꾸려나갈 수 있을 것이다.

예전에는 산나물만 잘 알아도 농민들은 된장, 고추장만 산에 챙겨가 먹거리를 만들었다. 산에서 구분이 어려운 더덕과 산삼은 잎이 4장이면 더덕이고, 산삼은 5장이라고 한다. 아무려나 산에서 어떤 것을 발견하더라도 횡재다.

봄나물콩죽

재료: 쌀 1/4컵, 콩 1/8컵, 물 4컵, 봄나물 30g(쑥, 미나리, 취나물), 소금 약간

1. 쌀은 씻은 후 20분 정도 불린다.
2. 콩은 씻어서 4시간 이상 불린 뒤 믹서에 물 2컵을 넣고 곱게 간다.
3. 봄나물은 잘 씻어서 먹기 좋게 송송 썰어둔다.
4. 냄비에 불린 쌀과 물 2컵을 넣고, 끓기 시작하면 은근한 불에 쌀알이 푹 퍼지게 저으면서 끓인다.
5. 쌀알이 푹 퍼지면 갈아놓은 콩을 넣어 고소한 맛이 나게 끓이고, 맨 마지막에 봄나물을 넣어 살짝 더 끓인 뒤 소금으로 간을 한다.

보통 죽을 끓일 때는 쌀:물=1:5~6의 비율로 잡는다.

희망을 담아 끓이는
봄나물콩죽

'봄이 왔네 봄이 와 숫처녀의 가슴에도, 나물 캐러 간다고 아장아장 들로 가네' 어릴 때 동네 아줌마들이 우물가에서 이 노래를 흥얼거리면 저절로 흥이 나서 따라했다. 아줌마들은 정말로 동네 뒷산인 봉화산과 옆 산 무학산에서 나물을 캤고, 우물가에서 찰랑찰랑 씻었다.

정학유는 「농가월령가」에서 2월에는 고들빼기, 씀바귀, 소리쟁이, 물쑥, 달래, 냉이 등의 들나물을, 3월에는 삽주, 두릅, 고사리, 고비, 도라지, 어아리 등의 산나물을 캔다고 했다. 고려가요 〈동동〉에 보면 단옷날 아침에 먹는 약은 천년을 산다고 하는데 바로 쑥과 익모초다. "7년 된 병을 3년 묵은 쑥을 먹고 고쳤다"는 속담이 있을 정도로 쑥은 단옷날 오전에 뜯어야 약효가 좋다고 했다. 고전 가사 『상춘곡』에서 '아침에 채산'하러 간다는 구절이 일리가 있다. 옛사람들이 전해 오는 지혜가 놀랍다.

추운 밤과 따뜻한 낮의 일교차 때문에 봄의 새싹들은 엄청난 에너지를 품어야 생존했다. 봄나물이 우리 몸에 생기를 주는 이유다. 단군신화에서조차 곰이 여성이 되는 식재료에 쑥이 포함된다. 예전에는 봄나물 고르는 능력으로 신붓감을 골랐다. 이쯤 되면 쑥은 특히 여성 건강과 밀접해 보인다.

쑥대밭이라고 했을 정도로 봄 쑥의 생명력이 강하다면, 취도 자생력이 남다르다. 정월대보름날은 봄에 캐둔 나물로 묵나물을 만들어 먹지만, 복을 모은다는 복쌈 풍습에는 주로 취나물을 이용했다. 백석의 시 「여승」에 나오는 가지취는 향긋해서 향소로도 불리는 참취로, 깊은 산골에서 캘 수 있다. 정선5일장에서 참취를 사서 일년 내내 먹었을 때 취의 향기가 전혀 사라지지 않았다. 용문사 은행나무를 보러 갔던 길에 산채식당에서 먹은 취나물은 맛이 깊었고, 노상에서 할머니가 팔던 곰취는 봄의 아삭함을 선사했으니 봄 취의 맛은 어느 것이나 깊다.

어릴 때 콩은 간식이어서 한 다발씩 사와 푹푹 찌면 다함께 둘러앉아서 톡톡 알갱이를 터뜨려 충분히 배부르게 먹었다. 콩깍지와 콩대는 햇볕에 바싹 말렸다가 아궁이에 불을 땠다. 너무 흔해서 콩밥, 콩떡은 좋아하지 않았다. 친구들과 콩깻묵 먹기 내기를 하다가 너무 맛이 없어서 시들하자 옆집에 돼지 사료로 갖다 주었다. 짠 콩기름으로 장판과 대청마루를 여러 번 칠했는데, 진노란 해바라기색으로 변하는 장판이 하도 반질해서 손바닥으로 쓰다듬다가 그 해 내내 손바닥 지문이 찍혀 있었다. 지금은 어디서도 볼 수 없는 천연 염료였다.

여름에는 아욱죽, 가을에는 콩죽이라고 하지만 쑥과 취 등의 봄나물이 돋을 때 먹는 봄나물콩죽은 바로 보약이다. 보릿고개를 넘길 때도 약간의 곡식만으로 죽을 잔뜩 만들어 허기를 면했다. 정철의 「속미인곡」에는 임금의 '죽조반'을 누가 챙기는지 걱정하는 장면이 나오는데, 『동의보감』에서는 새벽에 흰죽을 먹으면 위를 보양해 종일 몸과 마음이 상쾌하다고 했다. 옛날에는 슬퍼서 밥을 먹기 힘든 상가에도 죽을 쑤어 보냈다. 소화가 잘되는 먹기 좋은 음식이고 위로 음식인 셈이다.

온갖 영양이 다 들어간 봄나물콩죽 한 그릇이면 한 계절은 너끈히 건강하게 지낸다. 그러나 오래 전 비구니가 된 친구를 만나러 밀양의 운문사에 갔다가 봄나물로 정성스레 차린 산채 정식을 먹던 생각이 떠오르면 문득 봄이 깊고 고즈넉하다. 그런 날이면 김삿갓이 시 「죽 한 그릇」에서 멀건 죽 한 그릇에 비치던 청산을 보았듯이 덩달아 마음을 비우고 가벼운 죽 한 그릇을 차린다.

머위두부무침

재료: 머위, 두부 반 모, 고추장, 된장 각각 1큰술씩, 참기름(혹은 들기름), 통깨, 소금 약간

1. 머위는 줄기가 굵으면 껍질을 벗긴 뒤 깨끗이 씻고, 끓는 물에 소금 약간 넣어 데친다.
2. 두부는 물기를 짜고 칼등으로 곱게 으깬 뒤 고추장, 된장을 섞고 참기름 등을 넣어 무친다.
3. 두부 양념에 먹기 좋게 찢은 머위를 넣고 고루 버무린다.

어떤 시련도 견딜 맛,
머위두부무침

　　황대권의 수필 『야생초 편지』에서는 머위를 된
장국을 끓일 때 쓰는 야생초로 소개한다. 뿌리부터 잎까지 하나
버릴 게 없는 나물인 머위는 장아찌, 들깨 넣은 머위깻국, 된장무
침, 볶음, 정과, 머위 꽃 튀김, 머위 밥, 한약재 등으로 고루 쓰인
다. 육개장을 먹을 때 고구마 줄기보다 좀 굵은 줄기가 국을 떠먹
을 때마다 딸려 나오면 그것이 바로 머윗대다.

　경상도에서는 머구잎이나 머굿대로 불렀다. 할머니는 내가 머
위를 엄청나게 좋아하는 것을 보고 "아아가 씀바구처럼 쓴 걸 잘
묵네."라며 신기해했다. 머위의 쓴 맛은 침이 고인다. 머위 잎과 고
추장만 있어도 밥 한 그릇이 뚝딱이다. 머위쌈을 먹으면 그 향기
로 온 천지가 환해지고 산이 바싹 다가와 곁에 앉는다.

　정학유의 「농가월령가」 5월령에는 다른 쌈은 나오지 않고 고추

장 상추쌈만 나온다. 머위는 번식력이 굉장해서 밭에 심으면 농사를 망친다고 했지만 맛있는 머위쌈이 나오지 않는 것은 아쉽다. 아이누 전설 속의 소인인 코로보쿠루는 머위 이파리 밑에 사는 사람이란 의미다. 머위의 자생력을 새롭게 떠올린다.

머위는 봄이 막 오기 시작할 때 잎보다 꽃부터 핀다. 연록색의 희고 잔 꽃대는 마치 작은 부케 같다. 머위 잎은 마치 눈을 동그랗게 뜬 어린아이의 얼굴 모양이다. 머위를 캐면 자줏빛의 뿌리가 딸려 나온다. 한 겨울을 얼마나 악착같이 버티었는지 뿌리가 붉다. 겨울을 두려워하지 않는 인동초에 속하는 식물로 그런 머위를 보면 어떤 시련도 견딜 것만 같다.

머위는 독성이 없는 강력한 항암 식물이란 연구 결과도 있다. 봄날에 머위를 다듬으면 안토시아닌이 많아 손톱 아래가 까맣게 변한다. 이런 머위에 단백질이 풍부한 두부와 강장 음식인 고추장으로 무친 음식이라면 이미 음식 그 이상이다. 실학자 박지원도 직접 고추장을 담가 쇠고기고추장볶음까지 만들어 아들들에게 보냈고, 장수한 왕인 영조가 제일 좋아했던 음식도 고추장이었다. 김유정의 『동백꽃』에서는 닭싸움에서 이기려고 닭에게 고추장을 먹이는 주인공이 나온다.

황석영의 『맛있는 세상』을 읽으면 이북식 장떡은 된장과 고추장을 섞어서 지진다고 했다. 된장과 고추장을 넣은 머위두부무침을 팬에 노릇하게 지져내면 이남식 장떡이라고 이름 붙여도 손색이 없을 것이다.

할머니집 장독간은 장 익는 내음이 허공으로 떠올라 솔솔 향기로웠고, 빨간 고추잠자리라도 항아리에 앉을라치면 그 꼬리가 마치 고추장 항아리를 휘젓고 나온 듯 붉었다. 「농가월령가」 12월령에는 콩을 갈아서 두부를 만든다고 했다. 겨울에 부족한 단백질을 보충하기 위해 두부를 만든 옛사람들의 지혜를 본다. 영양 가득한 두부와 겨울을 이기고 고개를 쑥 내민 머위를 넣고 할머니집 붉은 장독간의 그리움을 섞어 고추장에 버무리면 봄기운이 힘차게 생동한다. 머위의 꽃말인 공평함까지 배워 마음과 몸이 조화를 이루니 앞으로의 봄은 머위와 더불어 지내겠다.

깻잎보리된장 장아찌

재료: 깻잎, 청고추 3개, 홍고추 2개, 보리쌀 1/3컵, 생강즙 1큰술, 된장 4큰술, 물

1. 깻잎은 깨끗이 씻어서 채반에 받쳐 물기를 빼고, 보리쌀은 물 6배를 부어 푹 끓인다.
2. 청고추, 홍고추에 익은 보리와 삶은 물도 같이 넣어서 믹서기에 살짝 갈아준 뒤 된장과 생강즙을 섞는다.
3. 깻잎 여러 장씩 집어 2번 소스를 위에 올리고 2~3일 후에 먹는다.

가을 약선 요리,
깻잎보리된장 장아찌

깻잎과 보리와 된장, 우리의 토속적 향을 잔뜩 품은 음식을 먹으면 코로나도 물러가고 면역력이 팍 오를 것 같다. 우리가 먹는 깻잎은 들깻잎이다. 오래 전부터 아시아 지역에서 재배됐으나 식용은 우리나라가 거의 유일하다고 한다. 인조의 어머니인 인헌왕후가 변비를 없애기 위해 들깨로 만든 임자죽(荏子粥)을 복용한 이야기는 유명하다. 흑임자는 검은깨지만, 임자는 들깨다.

삼겹살이나 회를 먹을 때는 꼭 깻잎을 먹는데, 맛도 좋을 뿐더러 식중독 예방 효과가 있기 때문이다. 허준의 『동의보감』에 깻잎은 따뜻하고 매운 성질로, 땀이 나게 하며 독을 해독한다고 했다. 그럴 때 차가운 성질인 보리와의 조화를 생각한 깻잎보리된장의 발상이 놀랍다.

된장 담그는 날은 잔칫날보다 바빴다. 메주콩 쑤는 가을날은 동네에 하나뿐인 돌절구가 있는 땡깔할매 집으로 동네 아줌마들이 다 모였다. 구기자 울타리집이지만 우리는 땡깔집이라 불렀다. 경상도에서는 꽈리를 땡깔이라 했다. 콩 삶을 큰 가마솥이 동네서 서너 개 나오고, 아궁이 자리도 몇 군데 마련하면 땡깔집 마당은 가을볕이 가득했고 웃음소리와 말소리로 공중도 붐볐다.

땡깔 서리로 도망 다니던 일도 잊고 마당을 기웃거리면 땡깔집 제일 예쁜 덕자 언니가 돌절구에서 김이 무럭 오르는 콩을 손으로 꾹꾹 뭉쳐서 먹으라고 주었다. 막 찧은 콩의 고소함과 따스함을 어디에 비기랴. 콩 찧는 일이 끝나고 멍석 위에 펑퍼짐하게 앉아서 메주를 빚으면 동네 아줌마들의 솜씨가 고스란히 드러났다. 손이 야무진 아줌마들의 메주는 모양도 예뻤고, 그렇지 않으면 철퍼덕 떨어진 모양이었다. 빚은 메주를 각자 가져가면 그해 가을은 다 갔다.

처마 밑이나 방에서 겨울을 난 메주는 나눠갈 때는 똑같았는데 간수한 솜씨에 의해서 그 맛이 달라졌다. 가을볕에 잘 마른 메주는 화사한 어느 날 장을 담갔다. 장독을 정성스럽게 닦고 새끼줄을 두른 후 숯과 고추를 꽂았다. 누구 집 장맛이 제일 좋다는 소문은 처녀가 바람났다는 소문보다 더 빨랐다. 오정희의 소설 『유년의 뜰』에서처럼 된장 항아리의 아구리를 덮은 호박잎에 구더기가 하얗게 올라와 있지 않으려면 신주단지 모시듯 지극정성으로 장항아리를 간수해야 했다. 특히 된장을 잘 쑨 집의 것은 약으로 쓴다고 얻으러 다녔는데, 어느 날 다리를 다친 친구가 된장을 바르고 왔을 때는 더 이상 얻으러 다니지 않았다.

음식의 달인이던 큰고모의 막장은 아무도 흉내 낼 수 없었다. 뜰에서 아무거나 따서 푹 찍어먹기만 해도 여름방학은 너무 짧았다. 처음으로 막장이란 이름을 알게 된 때였고, 장들 중에서도 제일 맛나서 이름이 아까웠다. 여름날에는 물에 만 찬밥에 콩잎된장 장아찌만 있어도 밥을 먹었다. 지금 콩잎된장 장아찌는 귀한 음식이 되어 깻잎된장 장아찌만으로도 도시의 밥상은 호강이다.

정학유의 「농가월령가」의 정월령에는 보리밭에 오줌 주고, 2월에는 봄보리를 많이 갈라고 했다. 한 겨울을 이기고 패는 보리싹은 씩씩하다. 초등학교 때는 연례행사처럼 단체로 보리밭 밟기를 했다. 겨울 살얼음 낀 보리밭을 보리싹이 으스러지도록 밟고도 5월이면 파랗게 패는 보리를 보면서, 넘어지더라도 다시 일어서는 삶의 방법을 가르친 것이리라. 깻잎에 보리된장을 얹은 장아찌를 밥 위에 걸쳐 먹으면서 건강한 삶의 자세를 깨우치는 중이다.

홍화나물

재료: 홍화나물, 고추장, 막장, 마늘, 맛간장 또는 소금

1. 홍화나물 줄기는 가지런히 썰어서 기름과 다진 마늘을 넣어 볶고, 맛간장 혹은 소금으로 간을 한다.
2. 홍화 잎은 살짝 데쳐서 알맞게 자르고 막장과 고추장, 다진 마늘 넣어 무친 뒤 참기름을 약간 떨어뜨린다.

\# 홍화나물을 사면 줄기가 하도 길어서 잎과 줄기를 따로 나물할 수 있다.

노을빛으로 물드는 마음, 홍화나물

정학유의 「농가월령가」 8월령에는 명주를 끊어 내어 가을볕에 말리고 쪽물과 잇물을 들여 청홍 색색으로 부모님의 수의와 자녀의 혼수를 마련한다는 구절이 나온다. 잇물을 들이는 잇꽃이 바로 홍화꽃이며 이는 붉은 염색에 사용된다. 잇꽃 염색은 서편 하늘을 붉게 물들이는 노을색으로 전통 염색에서 중요한 색이었다.

홍화는 가시 때문에 수확이 힘들어 잎보다는 홍화씨가루나 차로 먹었다. 그런데 어느 날 홍화나물 양식에 성공했다는 뉴스를 보았다. 귀한 염료를 얻는 꽃이다 보니 나물까지 먹기는 쉽지 않았던 듯하다. 봄나물로 홍화를 팔길래 궁금해서 샀더니 어떻게 먹는지 조리법이 없었다. 가장 맛있게 먹는 법은 없어서 마음대로 레시피를 정했다.

염색하는 나물이니 데칠 때 붉은 물이 나올까 궁금했지만 여느 나물처럼 흐린 풀물이다. 맛은 이상하지 않을까 한 젓가락 먹어보니 매우 익숙한 맛이 혀끝에 닿았다. '아, 이 맛을 도대체 어디서 만났을까'하고 아무리 더듬어도 생각나지 않았다. 천연염색을 하는 귀한 꽃치고 나물 맛은 매우 소박하며 논두렁에 서서 맞는 구수한 바람의 향이다. 채소의 날 냄새도 나지 않고, 달콤 고소하다. 봄나물의 슴슴하고 담백한 맛이 들여지는 그 색보다 안온하다. 다른 사람들도 한 젓가락씩 먹더니 이렇게 맛있는 나물이 있냐면서 순식간에 사라져버려 막상 밥상에는 올리지 못했다. 홍화씨로 차를 우려도 숭늉처럼 구수한데 나물은 바로 산과 들이 통째로 들어있는 맛이었다.

홍색은 조선 시대 왕실의 권위를 상징하던 색이었다. 홍색 관복은 왕세자와 당상관 이상만 착용했고, 가장 진한 대홍색은 8번 이상 홍화염색을 거친 색으로 왕실에서 최고의 색이었다. 과거 합격증인 '홍패(紅牌)'는 홍화염색을 해서 붙은 이름이다. 박지원의 풍자소설 『양반전』에 문과의 홍패는 길이 2자 남짓하다고 나온다. 『춘향전』과 『강릉추월전』을 읽으면 장원급제 후 홍패 교지를 받는데, 염색이 어려운 홍화꽃물을 들인 홍패를 시험을 통과한 중요하고 상징적인 징표로 썼으니 그 가치를 새삼 깨닫는다.

조선 시대는 홍염장이 염색을 담당했는데 잇꽃 염색이 가장 비쌌다고 한다. 혼인을 할 때도 신부가 찍은 연지는 바로 잇꽃을 이용한 것이었고, 홍화로 세안을 하면 피부도 고와져서 그 인기가 하늘을 찌르지 않았을까. 음식을 할 때도 천연색으로 물들이기 위해서 홍화가 사용된다. 이렇게 한 가지 식물로도 온갖 다양한 활용도를 찾으며 삶의 지혜를 꿈꾸었던 옛사람들을 그려본다.

곽재구의 시 「와온가는 길」을 읽으면 궁항이라는 바닷가 마을에 한 뙈기 홍화꽃밭이 있다는 구절이 있다. 홍화나물을 먹은 후는 이 시를 비밀로 쟁여두고 혼자 몰래 찾아가고 싶어졌다.

오징어 먹물 파에야

재료: 오징어 1마리, 다진 마늘 1작은술, 다진 양파 100g, 불린 쌀 2컵, 오징어 먹물 1.5큰술,
물 2컵, 파프리카 50g, 올리브유, 소금

1. 마늘과 양파는 잘게 다지고, 오징어는 먹기 좋은 크기로 자른다(보기 좋게 링 썰기 추천).
2. 파에야 팬에 올리브유를 둘러 양파와 마늘을 오래 볶은 후에 오징어도 넣어 볶는다.
3. 오징어가 투명해지면 오징어 먹물, 불린 쌀, 물을 넣어 끓이다가, 채 썬 파프리카를 올린다.
4. 물이 거의 다 졸아들 때까지 중불에서 익히고 쌀이 익으면 완성된 것이다. 이때 센 불에 딱
   1분만 올려 두어 딱딱 소리가 나면 누룽지가 된 것이다.

220도 오븐에 10분간 넣으면 위는 고소, 중간은 촉촉, 맨 아래는 누룽지의 맛난 과정이 된다.

삶을 존중하는 음식문화,
오징어 먹물 파에야

정약용의 우화시 「오적어행(烏鰂魚行)」에서 오징어가 먹물을 내뿜어서 물고기를 쉽게 잡는 법을 말해주자, 백로는 자신의 본모습을 바꾸지 않겠다고 거절한다. 오징어 먹물은 검은색으로 인해 부정적으로 묘사되지만 글씨를 쓰는 데도 이용한다. 정약용의 『탐진농가첩』 표지에서 '탐진농가' 네 글자는 신선한 오징어 먹물로 꺼칠한 종이에 써서 오래 간다고 한다. 박지원의 『호질』에서는 호랑이가 북곽 선생에게 소위 유학자들이 붓이라는 뾰족한 물건을 만들어 오징어의 시커먼 물에 적셔서 종횡으로 치고 찌른다며 유학자의 위선을 풍자한다.

오징어 먹물이 블랙푸드의 유행으로 인기여서 수제비를 만들 때 오징어 먹물을 넣고 반죽을 했었다. 맹숭맹숭한 밀가루로만 만드는 것보다 음식의 색감도 특이해서 아이들이 더 잘 먹었으며,

맛도 특별히 고소하고 짭짜롬했다.

오징어 먹물 파에야(paella)는 해산물과 채소 등을 넣고 볶은 후에 불린 쌀과 오징어 먹물을 넣어서 끓여 익힌 스페인 음식이다. 파에야 팬은 바닥이 납작하고 둥글며 속이 얕고 광택을 낸 철로 만들어 최대한의 증발 면적을 확보해야 한다. 스페인어로 '소카랏(socarrat)'이라고 부르는, 바닥에 눌은 쌀을 긁어 먹을 수 있게 만들어야 진짜 잘 만든 파에야다. 팬의 양 손잡이를 들고 살랑 흔들어 봐서 흔들림이 없으면 다 완성된 것이어서 만드는 법도 애교스럽다. 발렌시아 지방의 요리사가 약 10만여 명이 먹을 정도로 세계에서 가장 큰 파에야를 만들어 기네스북에 오르기도 했다. 그들의 파에야 사랑을 가히 알 만하다.

파에야는 건더기를 많이 넣는 것이 아니라 쌀에서 맛있는 것이 다 우러나야 한다고 했지만, 채소와 해물을 듬뿍 넣어도 맛있었다. 오징어 먹물 중에서도 갑오징어 먹물이 비리지 않고 고소했다. 특히 일요일 점심에 가족들이 함께 먹는 음식이라니 다정하고 포근하게 둘러앉아 먹는 모습이 연상된다. 혼자 먹는 밥보다 여럿이 모여서 한솥밥을 먹는 일은 동서양의 구별이 없다. 마치 우리가 양푼이 비빔밥을 둘러앉아 먹는 것과 흡사하다. 또 우리가 눌은 밥을 긁어 먹거나, 가마솥의 누룽지를 더 선호하듯이 동서고금의 입맛은 대동소이함을 파에야를 먹으면서 알았다.

우리가 자주 하는 일을 '밥 먹듯 하다'고 말하듯이, 스페인은 '매일의 빵이다'라는 관용어를 쓴다. "금강산도 식후경"이라는 속담처럼 스페인도 "배가 불러야 마음이 행복하다"라고 하니 흥미롭다. 먼 거리의 두 나라지만 밥을 먹는 식성이나, 음식을 대하는 태도가 흡사한 면이 많다. 먹는 일이란 그만큼 삶을 가장 존중하는 일이기 때문이다.

흑미 과일 샐러드

재료: 삶은 흑미, 파인애플, 건무화과, 딸기, 아몬드

1. 흑미는 끓는 물에 소금(흑미가 달아짐) 약간 넣고 15분간 삶아 고슬고슬하게 식힌다.
2. 생 파인애플은 팬에 노릇하게 구워(풋내 가심) 자르고, 통조림이면 그냥 사용한다.
3. 무화과는 껍질째 4등분 하고, 아몬드도 넣어 위 재료를 드레싱에 버무려 먹는다.

〈드레싱 만들기〉
재료: 와인식초 1작은술, 식초 2큰술, 올리브유 1큰술, 올리고당 1큰술, 소금

\# 올리고당은 흑미와 과일이 엉기게 넣는 용도이며, 스페인산 시럽이나 꿀도 가능하다.

똑똑한 한 그릇,
흑미 과일 샐러드

　　스페인 사람들이 즐겨 먹는 흑미 과일 샐러드 요리는 한 그릇의 음식 색감이 조화롭다. 검은 진주로 불리는 흑미는 우수한 영양가로 이름나있다. 흔히 흑백의 이분법적 논리에서는 흑을 부정적으로 보지만, 식품에서는 흑이 긍정적이라는 역설과 만난다. 흑미는 미국 의학·영양 분야 전문가가 선정한 슈퍼푸드 계열의 건강식품에 포함된다. 특히 여성에게 좋은 음식이다. 스리랑카 원주민의 언어로 '나는 할 수 없다'로 해석되는 고통스러운 베리베리병인 각기병도 예방한다.

　어둔 밤의 흑색은 뒤집어보면 새로운 시작을 준비하는 시간이다. 살아가면서 선입견을 가지지 않는 것이 좋음을 흑미 과일 샐러드를 먹으며 배운다. 이 샐러드에 각종 과일을 버무리면 다이어트에도 아주 그만인 한 그릇 요리가 된다. 입안에 달달한 느낌이 사르르 퍼지면서 스트레스마저 풀리니 매우 똑똑한 요리다.

초등학교 시절에 양지밭골에서 농장을 하던 친구 집에 갔다가 나무에 열린 불그레하고 쩍쩍 갈라진 이름 모를 과실을 하나 따 먹자 얼마나 맛있는지 축축 늘어진 아래 가지에 열린 것을 다 먹었다. 성에 안차서 슬금슬금 나무를 타고 올라가 셋이서 손닿는 부분까지 몽땅 따먹고는 혼날까봐 줄행랑을 친 적이 있었다. 따 먹는 데 정신이 팔려 이름 물을 시간도 없었던 그 맛난 과일이 바로 무화과였다. 일주일 이상 혓바늘이 돋아서 고생했지만 전혀 억울하지 않았다. 이브가 에덴동산에서 쫓겨날 때 무화과 나뭇잎으로 신체를 가렸다는 신화처럼 무화과는 아주 오래전부터 신의 과일이었다. 가끔 그때 몽땅 따먹은 무화과의 효능을 맹신하며 건강을 지켜줄 것이라는 신화 같은 믿음을 가진다.

우리가 학교 다닐 때만 해도 유월의 딸기밭에서 과모임을 해서 기차를 타고 수원 딸기농장까지 가곤 했다. 초록 잎사귀 아래 새빨간 열매가 열리니 "오이 밭에서는 신을 고쳐 신지 않는다"는 속담처럼 딸기밭 주인의 감시 하에 쭈그려 앉지도 못했지만 초록과 붉은 색으로 천을 짠 듯 딸기밭은 아름다웠다. 요즘은 딸기가 겨울 무렵부터 나오니 아이들에게 유월의 딸기라고 하면 믿지 않는다. 무화과도 바싹 말려 먹고, 제철 딸기는 사라져서 흥은 안 나지만 음식에 사시사철 과실을 곁들일 수 있는 것은 축복이다.

건강을 위해서 컬러 푸드를 먹어야 한다는 주장이 강하다. 우리 민족은 오방색을 넣어 차린 음식이 사람의 신체기관인 오장과 관계가 있다고 믿었고, 수복강녕을 기원했다. 오방색의 조화를 이룬 흑미 샐러드 요리에서 흰 즙을 가진 무화과는 백색으로 금(金), 청색인 새싹채소는 목(木), 흑미는 수(水), 딸기는 화(火), 아몬드는 토(土)로 볼 수 있다. 채소나 과일의 짙은 색은 건강을 증진시키며 정신적인 치료에도 좋다.

최승호의 시 「내 영혼의 북가시나무」에서 과일을 나눠주는 시를 쓰고 싶다고 소망했듯이, 과일과 조화를 이룬 음식을 먹으면 누구나 시인이 될지도 모르겠다.

청국장 고추무침

재료: 청국장 3큰술, 오이고추 5개, 홍고추 1개, 양념장

1. 오이고추와 홍고추를 1cm크기로 자른다.
2. 양념장 만들기: 참기름 1큰술, 매실청 1큰술, 고춧가루 1작은술, 참깨 1작은술
3. 썰어놓은 홍고추, 오이고추에 청국장 3큰술을 넣고, 2번 양념으로 잘 버무린다.

고추 종류는 기호대로 이용할 수 있다.

영양 가득한 패스트푸드 장,
청국장 고추무침

청국장 사건이라고 불러도 좋을 일이 있었다. 여고 시절 가정 시험에 가장 영양가가 높은 단백질 식품은 무엇인가라는 문제가 나왔다. 두부와 된장 등 나머지는 다 알겠는데 난생 처음 이름을 본 청국장이 있었다. 당연히 청국장만 제외하고 나머지로 답을 고르기 위해 고민했지만 정답은 청국장이었다. 가정 시험에서 딱 그 한 문제가 틀렸으니 청국장이 도대체 어떻게 생긴 것인지 오랫동안 의문을 품을 수밖에 없었다.

그러다가 20여 년이 훌쩍 지난 어느 날 이상한 냄새가 나는 찌개를 맛보게 되었는데 바로 그것이 청국장찌개였다. 그때의 놀라움은 상상을 초월했다. 요리라면 내로라하는 고모와 할머니들에 둘러싸여 있었어도 유일하게 청국장만 몰랐던 셈이었다. 엄마가 하지 않는 요리는 그 자식들도 잘 알지 못한다는 사실을 청국장이 각인시킨 경험이기도 했다.

시험에서 가장 훌륭한 단백질 음식으로 청국장을 가리켰으니 좋은 식품이라는 것은 말할 필요도 없지만, 왜 아무도 끓이지 않았던 것인지 냄새를 맡으면서 비로소 알게 되었다. 청국장은 특유의 냄새 때문에 호불호가 극명하게 갈리는 식품이었다.

일본의 마트에서 낫또를 발견했을 때 콩알이 그대로 남아있는 형태를 보고는 청국장으로 착각하여 찌개로 끓여본 적이 있다. 하지만 전혀 다른 맛이었다. 청국장찌개는 냄새가 나지만 또 그 맛을 알게 되면 간절하게 생각나는 맛이다. 그러나 낫또는 그냥 콩을 끓인 맛으로 구수한 맛조차 나지 않고 무어라 형언할 수 없는 미끄덩거리는 닝닝한 맛이었다. 고춧가루를 풀어서 낫또찌개를 끓여보기도 했지만 아무래도 우리의 찌개 맛은 아니었다.

미끄덩거리는 맛 때문에도 낫또는 먹기가 힘들어서 아직까지도 먹지 않는다. 그처럼 우리의 청국장도 호불호가 분명한 음식일 것이다.

우리의 고전 가사 「노처녀가」에 '청국장을 담을 제는 묵은 콩이 맛이 없네'라는 구절이 있다. 청국장은 가을부터 이듬해 봄까지 오랜 시간 숙성을 거치며 만들어지는 된장을 기다리기가 힘들 때 수확 후 남은 콩으로 담그는 즉석 된장이다. 일종의 우리식 패스트푸드 된장인 셈이다. 그래도 가정 시험 사건 후 가장 탁월한 단백질 식품으로 뇌리에 각인되었으니, 시험의 효과인지 청국장의 효능인지 영양가에 대한 믿음 하나는 종교처럼 단단하다.

청국장이 언제부터 생겼는지에 대해서는 이견이 많다. 하지만 먹다 남은 콩을 손쉽게 얻을 수 있는 풀들이나 볏짚에 싸두었다가 만들어졌을 확률이 높을 것이니 청국장의 역사는 우리의 상상치를 넘어설 것이다. 아무렴 하나의 식품으로 오랜 끈기를 시험하기도 하고, 또 즉석 식품으로 만들 줄도 알았으니 청국장 하나만으로도 우리는 드문 미각을 가진 동시에 뛰어난 효율성을 가진 민족임에 틀림없다.

청국장이 항산화성 및 체내의 독소제거 등 다양한 작용을 한다는 것은 이제 널리 알려진 사실이다. 여기에 같은 항산화성을 가진 고추를 함께 버무린 한 접시는 약선 음식으로도 손색이 없다.

얼마 전 하동 지방을 여행하면서 지붕 위에 붉은 고추를 쫙 펴서 말리는 익숙한 광경을 보았다. 어린 시절 옛날 집에도 마당 위의 멍석에서 고추가 익을 때 거기에 붉은 고추잠자리가 앉아서 쉬기라도 할라치면 가을은 더욱 황홀하게 깊어갔다.

고추는 우리 민족과 떼려야 뗄 수 없는 식품이다. 정학유의 「농가월령가」에는 3월령부터 10월령까지 고추를 심는 일에서부터 '고춧모 아기 딸이'를 하거나, '풋고추 양념해서 먹기' 및 '고추 널어 말려 김치 하기'까지 사시사철 동안 고추농사에 관한 이야기가 쭉 이어진다.

이상의 소설 「지팡이 역사」에는 주인공이 여관에 들었는데 그 곳에서 나온 밥상에 차린 열 가지 반찬 중 풋고추로 만든 음식이 다섯 가지라는 구절이 나온다. 풋고추 하나로 이렇게도 다양한 반찬을 만드는 여관 주인의 솜씨가 자못 감탄스럽다. 이상의 수 필 「권태」에도 마늘장아찌와 날된장과 풋고추조림이 관성의 법칙 처럼 놓여 있다고 한다.

이처럼 고추는 우리의 밥상에서 늘 과묵하게 있는 듯 만 듯 자 리잡고 있어 떼려야 뗄 수 없는 음식이다. 그럴 때 청국장에 버무 린 고추 한 접시는 바로 우리 민족의 은근한 마음이 컬래버레이 션된 멋진 요리이다.

치유 음식으로 간주하는 사찰 음식에서는 청국장이 공양상에 자주 올리는 음식으로 나온다. 선재스님의 사찰 음식 강습을 들 으러 다닐 때 인위적이지 않은 음식의 조리에 감탄을 금할 길이 없었는데, 바로 이 청국장 고추버무림이 그런 음식 중 하나일 것 이다.

집에서 청국장 요리를 할 때면 약간 신 김치를 이용한다. 그리고 김치 국물을 넣으면 청국장 냄새가 많이 상쇄된다. 그마저도 청국 장 냄새가 싫으면 청국장 가루를 잘 이용한다. 생 청국장과 청국 장가루를 함께 넣고 끓이면 훨씬 구수하고 은은한 찌개가 된다.

하지만 청국장은 끓이면 좋은 균이 사라진다고 하니 찌개보다는 갖은 채소에 버무려 먹는 편이 건강에 훨씬 도움될 것이다. 또 요리에 매실청 등을 넣으면 청국장의 질감을 부드럽게 하고 목넘김이 좋아진다.

뽐내지도 꾸미지도 않고 자연 속의 풍경으로 남은 듯한 이 음식을 먹을 때면, 어느새 콩밭과 고추밭이 어우러졌던 오래전 그 시골길에 마음이 달려가 아득하게 서있다.

두부 간장 장아찌

재료: 두부 2모, 소금 1큰술, 식용유, 채수 4컵(표고, 다시마 우린 물), 조선간장 2컵, 조청 1컵, 생강 한쪽, 마른 홍고추 3개

1. 두부는 도톰하게 썰어 앞뒤로 소금을 뿌렸다가, 팬에 식용유를 넉넉히 두르고 앞뒤로 노릇하게 구워 식힌다.

2. 채수를 진하게 우린 후 조선간장, 생강편, 조청 1컵을 넣어 센 불에서 3분간 끓여 장아찌 물을 만든다.

3. 보관 용기에 두부를 담고 뜨거운 장아찌 국물을 붓는다. 식으면 바로 먹거나, 냉장고에 넣어두면 약 한 달 정도 보관이 가능하다.

미각의 민족,
두부 간장 장아찌

큰고모집의 장독대에는 장아찌를 담글 묵은 장 항아리들은 다른 햇장항아리들과 구별이 되게 좀 멀찍이 떨어져 있었다. 장아찌 독에서 커피색 무가 나왔고, 고추장에 담근 외장아찌는 맨드라미꽃보다 더 붉었다. 고추와 깻잎은 된장독을 헤집고 꺼냈다. 술지게미에 파묻어 둔 이름도 모르는 장아찌는 두 번 다시 먹지 못할 맛이었다. 고모집의 맛있는 온갖 장아찌를 나열해본들 수공의 아름다운 맛만 그리울 뿐이다.

정학유의 「농가월령가」에 3월은 고추장 두부장(豆腐醬)을 갖춰 하며, 7월에 오이, 가지를 짜게 절여 담고, 9월에 고춧잎 장아찌, 10월에 김장하며 젓국지 장아찌를 담근다고 했다. 이처럼 장아찌는 철을 가리지 않는 음식이었다. 두부장의 언급이 특이한데, 물기를 꽉 짠 두부를 장에 박아서 장아찌로 먹으니 솜씨가 현란하다. 백석의 시 「고방」에서 제삿날이면 싸리 꼬치에 두부산적을 꿰었다고 썼다. 조리하기 힘든 두부를 이렇게 꼬치에 꿰거나 장아찌로 만드는 옛사람들의 정교한 솜씨가 그리울 지경이다.

사계절이 다른 기후에서 음식은 금세 맛이 변하고 시들어 즉석 조리법만 필요했던 터에 장아찌란 신박한 방법을 터득했으니 가히 우리는 미각의 민족이다. 장아찌는 제철을 넘어서도 먹을 수 있는 알뜰함의 경지가 최고조에 도달한 음식이다. 한 겨울에 먹는 장아찌는 김치처럼 비타민을 공급해주니 엄동설한의 귀한 반찬이었고, 한 여름에는 입맛을 돌아오게 만들었다. 그래서 신행 음식이나 수라상과 반상차림에도 들어가는 귀한 음식이었다. 이순신의 『난중일기』에는 가마솥으로 소금 만들기, 메주 쑤기가 기록되어 있다. "평양감사보다 소금장수"라는 속담도 있듯이 절임 음식은 특히 전투를 하는 중에 무척 중요해서 장아찌로 비타민과 염분을 섭취할 수 있었다.

살아가는 방법을 터득하는 지혜는 먹는 데서 나온다. 어시장에 가면 신기했던 장면은 바닷속으로 깊이 도르레를 내려서 양동이로 바닷물을 퍼 올린 뒤 짠물에 임시방편으로 뭐든지 담아두는 것이었다. 이처럼 절임 식품인 장아찌도 우리가 식생활을 영위하던 때부터 있던 음식문화였을 것이다.

경상도식 짠지는 장아찌 및 김치까지 아우르는 절임 식품이었다. 짠지 달라고 하면 할머니는 물에 씻은 김치나 장아찌를 다져서 주었다. 장아찌가 있는 장독간은 신성해서 장독신이나 집의 뒤꼍을 관장하는 터주신이 있다고 믿었다. 대보름날 동네 고사를 지낼 때면 동네 무당은 집집마다 다니며 장독간을 대싸리로 툭툭 치며 기도를 했다. 옛날 장독간은 누구라도 장 뚜껑을 열수 있는 집 뒤란에 있고 사립문은 허술해 서로 믿고 살아야 식문화를 유지할 수 있었다. 공동체의 돈독한 믿음을 잴 수 있는 곳이 바로 장독간이었다.

조선간장으로 만든 두부 장아찌는 사찰 음식 조리방법을 따랐다. 조상으로부터 전해진 음식의 지혜가 어디까지 전해질지 자못 궁금하다.

마늘빵

재료: 빵, 마늘 3쪽, 버터, 올리브유 1큰술, 파슬리, 파마산 치즈 1큰술

1. 실온에 녹인 버터에 다진 마늘과 다진 파슬리, 파마산 치즈를 넣고 섞어 빵에 바른다.
2. 프라이팬에 올리브유를 두르고 앞뒤 노릇하게 빵을 굽는다.

\# 빵 종류는 상관 없으나 바게트나 식빵 같은 식사빵을 활용하면 좋다.
\# 파마산 치즈를 넣으면 깊은 맛이 생긴다. 오븐에 5분 정도 굽거나 약 160도의 에어프라이
   어에서 구워도 된다.

마법을 꿈꾸는
마늘빵

마늘빵은 한국을 방문했던 프란치스코 교황이 해미읍성 성지를 방문할 당시 간식으로 제공되었을 정도로 건강 빵이다. 키스링이라는 화사하고 눈부신 이름의 이 마늘빵은 그 이후 교황빵으로도 불리며 인기를 끌었다. 흔히 마늘빵은 바게트 빵에 녹인 버터와 마늘을 바르는데, 이 빵의 특징은 여러 겹으로 말린 부드럽고 촉촉한 페스츄리에 마늘향과 버터향이 은은하게 스며들었다는 점이다. 키스링은 딱딱한 마늘빵의 고정관념에서 벗어나 누구나 즐길 수 있도록 만들었다. 또한 빵의 둥근 원은 세계의 조화와 어울림에 대한 상징으로 볼 수 있다.

교황빵에 들어간 마늘은 서산 육쪽 마늘이다. 마늘은 허준의 『동의보감』에도 뛰어난 효능에 대해 소개되었고, 단군신화에도 곰이 인간으로 변모하는 식재료로 나온다. 특히 서산의 토종 육쪽 마늘은 조선 시대의 교역품이었을 정도로 그 효능이 뛰어나다. 서양 속담에도 3월에는 양파를 먹고 5월에 마늘을 먹으면 그해 나머지 기간 동안 의사들이 편해질 것이라고 했다. 연변의 조선족도 대학 입학 시험이 있는 7월을 마늘장아찌 담는 달로 떠올린다. 마늘에 대한 신봉은 연원이 깊어, 동서양의 마늘 사랑은 이렇게 못 말린다.

여고 시절의 버스정류장 앞에 빵집이 있었다. 당시 쇼빵이라 부르던 식빵과 병아리색의 카스테라, 단팥빵과 커스타드 크림빵 등이 빵 껍질 위에 햇살을 받아 잘 닦인 유리문 너머로 자르르한 윤기를 뿜냈다. 참을 수 없던 건 냄새였다. 아침을 먹는 둥 마는 둥 버스를 타러 와서 빵집 앞에 서있는 건 고문이었다. 보통 때는 동네 가게에서 삼립 크림빵이나 땅콩버터 맛 대보름빵을 사먹었지만, 소풍 가는 날은 그 빵집에서 보란 듯이 커스타드 크림빵을 샀다. 진노랑색의 옥수수빵은 초등학교 시절 급식 빵으로, 옥수수향이 풀풀 나고 알갱이는 몽실하게 씹히던 기막힌 맛의 빵이 크기도 컸다. 이처럼 빵은 마치 삶의 기록처럼 남았다. 그 시대를 건너온 사람들에게는 익숙하게 공유하는 추억거리기도 하다.

'빵'이 외래어라고 하면 아이들은 신기해한다. 우리도 빵이 들어왔을 때는 왕실이나 있는 사람들만 먹었다. 이집트의 '빵 폭동'이나 프랑스 혁명의 한 원인이 되기도 한 '빵이 아니면 죽음을 달라'고 부르짖은 일은 빵 평등권에 대한 주장이었고, 음식이 부자와 빈자를 나누는 차별이 되어서는 안 된다는 선언이었다. 부자를 위한 흰 빵과 가난한 사람들의 거친 호밀로 만든 검은 빵이 계급을 만들었기 때문이다.

코로나19 때문에 신세대 장병들에게도 스파게티와 마늘빵이 제공될 거라는 기사를 읽었다. 마늘빵만은 세대 구분 없이 즐길 수 있는 건강빵이다. 구병모 소설 『위저드 베이커리』에는 빵의 종류에 따라 마음을 치유하는 마법의 빵이 등장한다. 그 빵을 먹으면서 그날 하루의 행복한 마법을 꿈꿀 수만 있어도 멋질 것이다. 교황빵 파는 곳이 사는 곳에서 멀지 않은 곳에 있어 사먹고 있으려니, 박용래의 시 「겨울밤」에서 잠 못 이루는 밤에 고향집 마늘밭에 쌓이는 눈을 그리워하는 서정까지 품는다.

과카몰리

재료: 아보카도, 토마토, 양파, 마늘, 소금, 후추, 라임즙

1. 잘 익은 아보카도를 반으로 잘라 껍질 안으로 숟가락 넣어 떠내서 으깬다.
2. 1번에 다진 토마토, 다진 양파, 다진 마늘, 소금, 후추, 라임즙을 넣어 잘 섞는다.

아보카도는 덜 익어서 초록 빛깔을 띠는 것을 산다. 실온에 3~4일 두면 까만 빛깔로 변하는 데 그때 반을 가르면 과육이 매우 부드럽고 씨까지 자를 수 있어 편하다.

라임즙은 취향에 따라 1작은술~1큰술 정도 넣으면 된다. 마늘은 아보카도 한 개당 1알 정도 사용한다.

아름다운 거리를 생각해,
과카몰리

타지에 가면 늘 흥미로운 것이 음식이었다. 어딜 가든 시장이나 마트 등에서 먹을 것을 먼저 살펴본다. 동경에 거주할 때도 마찬가지였다. 하루는 과일 판매대에 갔는데 난생 처음 보는 과일이 있었다. 먹어보지 못한 것이어도 사진으로 익숙해서 궁금하지 않았지만, 검푸른 빛깔의 아보카도는 어디서 먹는 방법도 들은 적이 없고 또 생김새도 처음 본 것이어서 호기심이 바짝 났다. 그때까지 한국에서 본 적이 없는 과일이었다. 이름도 처음 들었으니 말이다.

궁금한 마음에 아보카도 한 개를 사와서 다 먹었다. 처음에는 고소한 맛이 나다가 느끼해졌다. 그래도 서울에 돌아가면 먹을 수 없는 과일이어서 마트에 갈 때마다 샀다. 그러다가 나중에는 점점 더 맛이 느끼해졌는데 이러저런 방법을 써도 해결되지 않았다. 할 수 없이 마트에 가서 잘 먹을 수 있는 방법을 물어보니 일본인은 생와사비 간장에 찍어 먹는다고 하면서 한 조각을 톡 찍어서 주었다. 그제서야 느끼함이 사라졌고 아보카도는 과일보다는 오히려 채소 같다는 생각을 그때 하게 되었다.

　세 아이를 키울 때는 쇼 야노가 쓴 『꿈이 있는 공부는 배신하지 않는다』를 열심히 읽었다. 천재 집안으로 명성이 자자한 쇼 야노의 식단에 특히 관심이 많았다. 일본인 아버지와 한국인 어머니 사이에서 출생한 쇼 야노의 건강한 식단은 일본에서 나오는 식재료를 한국식으로 차렸을 어머니의 힘이 들어갔으리라고 생각했기 때문이다. 쇼가 좋아했던 음식 중 채소는 브로콜리, 시금치, 당근 등이 있는데 아보카도를 특히 좋아해서 아주 많이 먹었고, 블루베리도 자주 먹었다고 한다. 동경에서 살 때 나도 많이 먹은 것들이었다. 굳이 말하자면 유독 먹고 싶었던 것이라기보다 일본은 그 음식들이 특히 많아서 먹지 않을 수 없었다는 말이 맞다. 그러니 특정한 음식을 먹어서 천재가 되는 것이 아니라 자신이 사는 곳의 건강한 식재료를 먹으면 된다는 결론을 내렸다.

　아보카도는 식물계의 버터라고 할 정도로 지방이 많지만 불포화지방산으로 항산화 작용까지 하는 영양 과일이다. 그래서 다이어트와 피부미용에까지 좋은 과일이다. 우리가 인삼을 최고로 치듯이 멕시코에서는 아보카도가 그런 역할을 한다. '악어 배'라는 별명이 있을 정도로 껍질이 울퉁불퉁해서 과육도 딱딱할 것이라고 생각했지만 속은 부드럽고 매끈해서 놀랄 정도다.

이런 아보카도를 으깨서 만드는 과카몰리는 초록색의 색감이 식욕을 매우 자극한다. 푸른 숲속의 보드라운 이끼 같은 과카몰리를 샌드위치나 토르티야에 바르면 멕시코의 노벨문학상을 받은 옥타비오 파스의 시 「녹색 잉크로 쓰인 글자들」을 연상한다. 파스는 이 시에서 당신의 몸은 새싹들이 돋은 나무처럼 녹색 기호가 흩뿌려져 있다고 하며 하찮은 작은 상처에 슬퍼하지 말라고 한다. 과카몰리를 딱딱한 빵에 바르면 아보카도의 녹색 기호 같은 몸을 떠올리고 그것이 다시 부드러움으로 변해서 어떤 상처라도 덮어줄 것만 같은 생각이 든다.

아보카도의 영양가에 대해서는 이제 너무 잘 알려져 있지만, 오래전부터 아보카도는 우리의 전통 양념인 고추장이나 된장처럼 멕시코의 전통 소스였다고 한다. 된장은 옛날부터 상처에 바르면 낫는다는 속설 때문에 초등학교 시절의 내 친구도 그걸 바르고 나타난 적이 있었다. 그처럼 과카몰리도 진통제로 믿었던 적도 있었다고 하니 어느 나라든 전통 소스에 대한 굳건한 믿음이 있다고 여길 수밖에 없다.

슈퍼푸드인 아보카도에 대한 맹신으로 인해 소비가 늘어나서 과일계의 환경파괴범으로 여겨진다고 하니 마음이 씁쓸하다. 아보카도를 키우려면 대량의 물이 소비되기 때문에 나무를 잘라 내거나 멀리서 물을 끌어 써야 한다. 어떤 것이든 중용을 지키는 것이 중요함을 깨닫는다.

셰익스피어는 "우리의 몸은 정원이요, 우리의 의지는 정원사다."라고 했다. 우리가 지구라는 정원을 가꾸는 사람이니 아보카도와의 아름다운 거리를 유지하면서 알맞게 섭취하는 것이 필요해 보인다.

불고기 퀘사디아

재료: 토르티야, 다진 소고기, 토마토, 양파, 버섯, 모짜렐라 치즈, 칠리소스

1. 양파와 버섯은 채 썬다.
2. 다진 소고기는 간장, 설탕 약간, 후추, 참기름을 넣어 불고기 양념을 해둔다.
3. 채 썬 양파와 버섯을 양념한 불고기와 함께 볶는다.
4. 토르티야에 중간까지 볶은 고기와 채소를 올린다. 토마토는 납작하게 썰어서 올리고, 치즈를 넓게 펴서 올린다.
5. 전자레인지에 약 2~3분 돌려 치즈가 녹으면 칠리 소스를 뿌린 뒤 토르티야를 반쪽으로 감싼다.

\# 채썬 양상추를 많이 올리면 아삭한 맛을 더할 수 있다.

가족의 따스함,
퀘사디아

퀘사디아는 아이들이 방학을 하면 특히 더 자주 먹었던 음식이다. 쉽고 빠르게 만들 수 있고 맛까지 좋은 음식을 찾은 게 바로 이 음식이었다. 토르티야 쌈에 다양한 재료를 넣어 치즈로 사르르 덮을 수 있어서 영양도 풍부하고, 일단 속이 보이지 않으니 편식하는 아이들까지 다 잘 먹었다.

퀘사디아란 이름이 치즈를 의미하는 스페인어 케소(Queso)에서 왔다는 것을 알면 문득 애잔하다. 멕시코 요리이면서 스페인의 이름이 붙은 것을 보니 과거 스페인 점령기의 그늘이 느껴지며 쌈으로 폭 감싸안은 그 모습이 심상치 않게 다가온다.

퀘사디아를 만드는 토르티야는 멕시코의 전통 요리로 속에 넣는 재료와 조리법에 따라 맛이 달라지며 이름도 다르게 불린다. 퀘사디아는 스페인어 사전에서 옥수수전병(부침개)으로 풀이한다.

토르티야는 요즘 편리하게 밀가루로 많이 만들지만 처음 만들어졌을 때는 옥수수로 만든 음식이었다. 당연히 옥수수 토르티야의 쫄깃하고 달콤 구수한 맛을 밀가루가 따라갈 수 없다.

마야의 천지창조 신화에서는 신들이 인간을 만들 때 두 번의 실패 후 세 번째에 옥수수 반죽으로 만들어 성공했다고 한다. 그 당시 옥수수는 사람들을 먹여 살렸던 귀한 음식이었기 때문에 옥수수 인간이 태어난 것이리라.

옥수수는 멕시코가 원산지로 알려져 있다. 마야의 집에서는 중심에 세 개의 돌을 놓아 만든 화덕에서 옥수수가루를 반죽하여 토르티야를 구워내 만들었다. 고대 마야의 여성들이 가족과 먹기 위해 만든 넓게 편 옥수수전병의 토르티야와는 모양이 다르지만 우리도 빵이나 국수 등을 비롯한 다양한 음식으로 옥수수를 사용했다.

옥수수는 다행히도 강냉이까지 복수 표준어로 인정된 식재료이다. 경상도에서는 깡냉이라고 불렀다. 옥수수가 많이 나는 강원도가 고향인 외할아버지가 집에 오실 때마다 가져오시던 강냉이는 마치 우리만의 전유물 음식처럼 느껴졌다. 동생과 함께 들고 먹으면서 가지런히 몇 줄을 남겨 놓고 하모니카 부는 시늉을 하거나 돌돌 말렸던 옥수수 껍질을 쫙 펴서 인형 옷이라며 가지고 놀았다.

외할머니는 바짝 말려 푸대에 담겼던 옥수수 알갱이로 겨울밤에 가끔 강냉이 범벅을 했다. 껍질을 벗겨서 반질하게 만든 옥수수에 팥을 넣고 푹 삶아 설탕으로 달달하게 만들어 오톨도톨 씹히는 맛이 일품인 간식이었다. 한번은 외할머니가 우리를 놀리느라고 올챙이 국수라며 내밀었는데 진짜 올챙이를 갈아서 만든 것인 줄 알고 식겁을 하던 국수도 사실 옥수수로 만든 것이었다.

노천명의 감칠맛 나는 수필 『여름밤』은 계절의 다정함과 아련함이 묻어있는 글로 여러 음식이 나온다. 그중에서도 김이 모락모락 나는 노란 강냉이를 함지박에 담아놓고 멍석 위에 누워서 먹는 장면은 경험해보지 않은 사람들도 그리움과 평화로움을 느끼게 한다. 이처럼 강냉이는 여름에서 겨울까지 내내 모두에게 사랑받던 음식이었다.

우리나라의 최초 서사시인 「국경의 밤」에도 옥수수 밭이 언급될 정도로 옥수수는 매우 친숙한 음식이다. 김상용의 「남으로 창을 내겠소」에서는 새 노래는 공으로 듣고, 강냉이가 익으면 와서 함께 먹자고 할 정도로 옥수수는 다정하고 소박한 정서를 느끼게 하는 음식이다. 왜 사냐건 웃겠다고 하는 구절도 강냉이가 아닌 다른 음식이었다면 그런 순박하고 털털한 맛을 음미할 수 있었을까.

옥수수는 지구 한 바퀴를 돌아서 먼 나라인 멕시코에서부터 전래되었지만 마치 우리 것인 양 친근한 것은 아무나 먹을 수 있는 음식이기 때문이다. 초등학교 때의 그 크고 샛노란 옥수수빵 급식과 옥수수죽은 배고픈 시절의 호사스러움이어서 잊기 힘들다.

지금도 옥수수는 나의 최애 식품이다. 배고픈 날에는 잘 익은 옥수수를 돌려 먹으면서 그처럼 구수한 향기와 소박한 맛과 같던 사람들을 그리워한다. 고대 마야 여성들이 가족을 위해 따뜻한 옥수수전병을 구웠듯이 허기지던 날에 먹었던 올챙이 국수를 떠올리면, 옥수수는 동서양을 아울러 따스한 집을 연상하게 만드는 원형질 음식임을 느낀다.

4부 사랑으로 화안한 맛

보리전병쌈

재료: 보릿가루, 마즙, 곤드레, 감자, 청고추, 홍고추, 참기름(들기름)

1. 삶은 곤드레는 맛간장(혹은 된장)과 들기름 또는 참기름으로 간을 한다.

2. 보릿가루와 강판에 간 감자를 섞는다. 반죽이 되직해지면 팬에 기름 두르고 보리전병을 앞뒤 노릇하게 굽는다.

3. 2번의 전병 위에 곤드레와 마즙을 올리고, 칼칼하게 풋고추와 홍고추 한 조각 올리고 쌈을 만든다.

\# 건조 곤드레는 묵나물 하듯이 쌀뜨물이나 밀가루물에 하룻밤 불린 후 그 물에 삶아서 조리하면 냄새를 잡을 수 있다.

세상에서 제일 예쁜 전병의 기억, 보리전병쌈

해가 각실하니 뜨고 봄볕이 뜰에 퍼지자 동네 아줌마들이 집 마당으로 몰려들었다. 연탄불 위로 이미 가마솥 뚜껑이 큰 거북이를 뒤집은 듯이 올라 있었다. 그 위로 허연 풀물을 한 숟가락씩 올렸다. 그런데 다 익은 떡 위에 연분홍 진달래꽃을 꾹 눌러 얹자 순간 마을 뒷산이 쏜살같이 통째로 달려와 안겼다. 봄 햇살이 안개처럼 자욱한 그날 세상에서 제일 예쁜 전병인 화전을 보았다.

훗날 조선 시대 가사 「덴동 어미 화전가」에서 춘삼월 호시절에 화전놀음을 한다는 구절을 읽었을 때 그 봄날이 바로 동네 아줌마들의 화전놀이였음을 알았다. 가사에서 동네 여성들의 화전놀이가 한창 무르익을 때 한 청춘과부가 신세한탄을 하고 덴동어미가 조언을 하는 장면을 읽으며 화전놀이는 여성들의 봄 야유회지만 결국 온갖 마음속을 털어놓는 스트레스 푸는 시간이었음을 알았다.

김삿갓으로 불리는 김병연의 시에, 작은 시냇가에서 솥뚜껑을 돌에다 받쳐 흰 가루와 푸른 기름으로 두견화를 지져 먹으니 봄빛이 뱃속에 전해진다고 했다. 당시 야외서 화전을 하는 방법을 잘 알 수 있다.

음식의 아름다움에 대한 총체적 추억이 되는 진달래 화전은 외할아버지에 대한 기억 덕분에 더 생생하다. 어느 날 외할아버지가 강원도에서 한 포대 가득 분홍 진달래꽃을 똑똑 따서 가져오셨다. 그 청정하고 깊은 산골의 꽃들로 화전을 부치고 두견주를 담갔다. 외할아버지는 고향을 두고 오기 섭섭해서였으리라. 이후 봄만 되면 소월의 시 「진달래꽃」의 영변의 약산 진달래꽃이 그랬을 것처럼 진하고 아름다웠던 그날의 진달래꽃이 마음을 사뿐히 밟고 간다.

화전 이전에 먹어본 전병은 외할머니의 메밀전병과 수수부꾸미였다. 잘게 다진 무김치를 기름에 살짝 볶아 메밀쌈으로 싸면 아삭 짭쪼롬한 맛이 아무리 배가 불러도 들어가던 메밀전병. 달콤한 팥이 혀끝에 닿아 투박하면서도 거칠한 맛을 상쇄시키던 수수부꾸미. 그런데 난데없이 꽃전병이 나타날 줄이야.

정극인의 「상춘곡」에는 답청하는 날에 두견화 붙들고 급히 산

꼭대기로 올라가서 봄 경치를 만끽한다고 썼는데, 이 날이 바로 삼월 삼짇날로 진달래 화전하기 좋은 때다. 여름에는 수탉 벼슬처럼 붉던 맨드라미로 부쳤는데 버섯처럼 찢어 올려 식감보다는 화려한 색감을 즐기기 좋은 화전이었다. 국화 화전은 방문의 창호지를 새로 갈던 늦가을 날에 부쳤다. 국화꽃을 따서 미리 바싹 말렸다가 손가락으로 제일 많이 뽕뽕 뚫어진 자리의 창호지 위에 은근히 넣었고 남은 국화잎은 화전에 올라 가을이 노랗게 휘황했다. 아름다운 꽃들을 먹고 즐기며 성찰의 시간으로 삼았던 사람들의 심미안에 탄복한다.

언젠가 푸른 제주 바다를 바라보며 먹던 메밀 빙떡도 전병의 일종으로 으스대지 않고 툭 불거져 나오지도 않으면서 점잖게 맛있었다. 느긋한 봄날에는 보리전병이나 부쳐서 깊은 산골향이 가득한 곤드레나 얹어 먹겠다. 화전은 아니라도 소설 『대지』를 쓴 펄벅이 예술이라고 극찬한 구절판을 만들어 밀쌈 대신에 보리전병을 올리면 봄날은 점점 깊어지리라.

두부 냉채

재료: 채소와 과일

1. (냉장고 속 채소와 과일)귤, 오이, 노랑·빨강 파프리카, 올리브, 상추, 샐러리, 양파를 한입
   먹기 좋게 썬다.
2. 두부는 네모지게 잘라 끓는 물에 살짝 데치거나 그대로 사용한다.

〈냉채 소스 만들기〉

1. 간장:설탕:물=1:1:1
2. 파, 마늘, 후추, 참깨, 참기름 약간씩(파, 마늘 대신 다진 청양고추를 약간 넣어도 칼칼하다).

〈무 국화꽃 가니시〉

1. 식초:물:설탕=1:1:1로 촛물을 만들어 무를 조그맣게 잘라 담근다(치킨 집 무 만들기).
2. 레몬 껍질은 깨끗이 씻어서 잘게 다진 뒤 국화꽃 가니시의 수술을 만든다.

무 국화꽃이 활짝 피게 하려면 처음부터 소금을 뿌려 5분 정도 두었다가 헹구고 촛물에 담
   그거나, 처음부터 촛물에 담근다.

난초 향기처럼 섹시한
두부 요리

무라카미 하루키는 수필 『코끼리 공장의 해피 엔드』에서 두부를 한 번에 4모도 먹어치우는 두부 마니아라고 고백한다. 그리기 어려운 두부를 삽화로 택했다고 익살을 부리는 글을 읽으면 부드럽고 연한 두부의 질감 때문인지 섹시한 느낌을 받는다.

동경에서 살 때 집 앞의 두부가게가 하루 두 차례 두부를 만들면 고소한 향기가 골목을 점령하였고, 이를 맡은 주부들이 줄을 서서 두부를 샀다. 그 진풍경을 보면서 갓 만든 뜨끈한 두부를 사먹다가 일회용 용기로 포장한 두부로 바뀐 유통구조를 못마땅하게 생각하던 하루키를 이해하게 되었고, 마르셀 프루스트가 마들렌으로 잃어버린 시간을 기억해 내듯 두부 향기로 추억을 떠올렸다.

드라마 〈사랑의 불시착〉에서 북한은 손수레에 싣고 다니면서 두부를 파는 것을 보았다. 우리는 두부장사가 어깨에 걸치는 긴 막대기의 양쪽에 두부모판을 단 두부지게를 지고 다녔다. 두부장사가 공터를 빙빙 돌면서 딸랑거리는 종을 울리면 동네 주부들 간에 너무 일찍도 늦게도 나가지 않으려는 은근한 기 싸움이 시작되었다. 가장자리 두부가 먼저 팔리고 한복판의 야들한 두부를 차지하려는 은밀한 쟁투였다. 두부 심부름을 도맡아 할 때, 어린 애라고 두 면이 굳은 가장자리 두부를 줄 때면 억울했지만 김이 모락모락 오르며 못 견디게 구수했던 두부 향은 추억의 전반부를 온통 차지한다.

외할머니는 맷돌로 간 콩물을 아궁이 앞에서 휘휘 저어 곡식 되에 베보자기를 깔고 부어서 두부로 굳혔고, 남은 찌꺼기로는 비지를 만들었다. 그런 두부는 평생에 먹지 못할 진미였다. 굳기도 전에 떠먹던 두부는 꽃잎처럼 순수했고, 비지는 된장, 고추장만 끼얹어도 짭쪼름한 들판 향기가 가득했다. 맷돌갈이가 쉬워 보여서 안달을 내며 해보다가 콩물이 옆으로 줄줄 흘러 세상에 쉬운 일이 없음을 배우던 날들이었다. 두부처럼 피부가 하얘진다고 부추겨 영양이 풍부한 두부를 더 먹이려던 할머니의 마음도 훗날 알게 되었다.

최학송의 소설 『탈출기』에는 조선 땅에서 살기 힘들어 가족들과 간도로 가서 두부장사로 생계를 꾸리는 주인공이 나온다. 팔지 못해 쉬어빠진 두붓물을 먹고, 두부 장사에 필요한 땔나무를 하다가 잡혀 매 맞기 일쑤였다. 일본에서 두부를 살 때면 소설 속 주인공에게 감정 이입되어 타국에 사는 쓸쓸함으로 먹먹하곤 했다.

고려 말 학자 이색은 두부가 이 없는 사람이 먹기 좋고, 늙은 몸 양생에 더없이 알맞다고 했다. 이순신의 『난중일기』에서 두부로 만드는 연포탕은 전장의 스트레스를 견디느라 위장병이 있던 이순신에게 안성맞춤인 음식이었다. 고전소설 『신유복전』에는 두부장수 할머니가 홀대받던 신유복을 머물게 하고, 돈도 받지 않고 거두어준다. 이처럼 두부는 그 부드러움만큼 아름답게 느껴지는 식재료다.

미국서 동생이 오면 한국 두부를 많이 먹는다. 미국에서도 두부는 코스트코의 인기식품이며, 샐러드 바에는 사각으로 썬 두부가 꼭 있다고 한다. LA나 실리콘 밸리의 순두부집에는 한국인보다 외국인이 더 많아, 두부는 식품의 세계화를 꿈꿀 요리라고 한다.

마크 트웨인은 인생에서 성공하는 비결 중 하나는 좋아하는 음식을 먹고 힘내 싸우는 것이라고 했다. 말랑하고 부드러운 두부를 먹고 그러기는 쉽지 않겠지만 과일과 채소를 버무린 두부 냉채라면 건강한 용기가 생길 것이다. 한 그릇 요리에 여름날의 난초 향기가 스며있다.

포크 립

재료: 립, 마늘, 감자 1개, 양파 1개, 청양고추, 통후추 20알 정도, 생강 약간
소스 재료: 버터, 밀가루, 시판 스테이크 소스, 시판 바비큐 소스, 마늘

1. 끓는 물에 반 자른 립을 넣고 지저분한 기름이 뜨면 물을 버린다. 새 물에 감자, 양파, 통후추, 생강을 넣어서 30분 정도 끓여 고기 냄새를 잡는다.
2. 버터 적당량을 우묵한 팬에 넣어 녹으면 밀가루를 넣어서 덩어리지지 않게 저어준다. 노릇하게 볶아지면 립이 잠길 정도로 물을 붓는다.
3. 2번 소스에 삶은 립을 넣고, 스테이크 소스, 바비큐 소스(필수)로 색을 맞추고, 통마늘을 기호에 맞게 넣어 20분 정도 양념이 배게 졸인다.

\# 고추장이나 핫칠리 소스를 넣으면 매콤한 맛을 즐길 수 있다.

03

시폰처럼 부드럽게
립 요리

립(pork rib) 요리로 유명한 패밀리 레스토랑에 갔다가 삐쩍 마른 갈비를 빨아먹은 데 비해서는 비싼 느낌이 들었다. 며칠을 억울해하다 결국 직접 요리하려고 동네 정육점에 갔다. 정육점 아줌마는 립이란 이름은 금시초문이라고 했다. 손으로 가리키자, "아, 돼지 등짝!" 정육 전문가인 아줌마가 부른 이름이었다. 이전에는 돼지등뼈를 다른 잡뼈들과 함께 도매금으로 받아와서 덤으로 생각했는데, 어느 날부터 감자탕이나 돼지 국물 내는 데나 들어갔던 돼지 등짝이 비싸졌다고 불만을 토로했다. 끝까지 돼지 등짝으로만 부르는 아줌마의 돼지 등짝 경제론을 들으며 사온 립을 요리했고 이번에는 '뜯어'먹었다.

약 2천 년 전에 고구려 고분 벽화에도 돼지를 그렸듯, 돼지는 우리의 삶과 밀접한 동물이다. 최치원을 영웅으로 만든 고전소설

『최고운전』은 금돼지와 관련된 출생의 비밀이 있다. 최치원이 화살을 쏘아 황금돼지를 퇴치했다는 전설을 가진 돝섬은 여고를 다닐 동안 뒤돌아보면 저 멀리 바다에 고래 모양으로 둥둥 떠 있던 섬이었다. 고구려 유리왕의 도읍 정하기와 고구려 산상왕의 혼인 설화 및 부여의 벼슬 '저가'도 돼지와 관련된다. 또 돼지꿈은 길몽이기도 하다.

　돼지에 관한 추억은 대부분 긍정적이었다. 어릴 적 살던 동네는 저녁이면 음식찌꺼기가 전부 돼지 기르던 집으로 갔다. 새마을사업으로 동네서 돼지 사육과 양계가 사라지자 음식물찌꺼기 처리도 곤란해졌다. 음식찌꺼기는 당시 돼지 사육자들이 웃돈까지 주며 걷어갈 때였다. 냄새가 사라진 대신에 음식물찌꺼기가 남았고, 부식 값을 벌던 아줌마들은 아쉬워했다. 동네 고사 날은 돼지 치던 집에서 값을 받고 돼지머리를 준비했는데 수입도 줄었다. 돼지 잡는 날은 돼지 불알이 생겨 공차기를 하던 아이들에게도 장난감이 사라졌다.

　결혼식 이바지 음식이 왔다고 해서 할머니 손을 잡고 부리나케 구경 갔더니 큰 소쿠리 안에 돼지다리 두 짝을 통째로 삶아 청홍실로 장식한 희한한 음식도 보았다. 어른들은 고사상에 절을 하며 돼지코에 돈을 꽂는데 그때마다 웃고 있던 돼지머리를 보면서 난감했던 기억이 있다.

돼지는 반대의 이미지도 가지고 있다. 조지 오웰의 『동물농장』에 등장하는 나폴레옹은 돼지로, 그들을 사육했던 인간처럼 결국 탐욕으로 가득 찬다. 스팸메일, 스팸메시지 등에 사용된 스팸도 돼지의 부위에서 이름을 따왔다. 노벨문학상을 받은 골딩의 『파리대왕』에서는 웃고 있는 돼지머리가 파리대왕이다. 조난 당한 아이들로 인해 아름다운 산호섬이 세속적으로 변하고 파리대왕은 그런 세계를 비웃는 상징이었다.

돼지는 어미와 새끼를 한 우리에서 기르지 않는다. 어미가 새끼를 위해서 먹이를 양보해서 살이 찌지 않기 때문이다. 『아기돼지 삼형제』 동화를 읽으면 늑대가 공격하자 삼형제가 서로 의지하는 따뜻함이 마음에 남는다. 아이들을 낳고 젖이 부족할까봐 돼지 족을 삶아서 그 물을 먹었다. 햇살같이 부드럽고 시폰 같은 감촉의 립 요리를 먹으며 무한 희생하는 돼지에게 감사하면서 힘내서 살 희망을 꿈꾼다.

까르보나라 파스타

재료: 스파게티 면, 베이컨, 통후추, 버터, 계란 노른자, 시판 생크림, 파마산 치즈가루, 올리브유, 파슬리

1. 면은 소금만 넣고 7분 삶은 뒤 헹구지 않은 채로 올리브유 1큰술을 넣어 비벼둔다.

2. 버터에 베이컨과 통후추를 갈아 넣고 볶은 후, 삶은 스파게티 면과 생크림 180ml 정도 넣고, 파마산 치즈가루 1큰술을 넣어 한번 뒤적여 볶는다.

3. 계란 노른자에 생크림 2큰술 비벼놓은 것(리에종)을 2번의 스파게티에 넣어 마무리하고, 면 삶은 물 2큰술 정도 넣어 농도를 조절한다.

\# 리에종: 소스나 수프 등에 음식재료를 접착하는 데 사용하는 용어.

\# 스파게티 면의 굵기와 성분에 따라 삶는 시간이 약간 달라진다.

04

지상의 잊지 못한 사랑,
까르보나라 파스타

　　처음 스파게티를 먹은 것은 서울에 올라와서 한참 후로 대학 조교일 때였다. 교수님의 심부름으로 마가렛 꽃바구니를 애써 구해 놓자 교수님이 고마움의 표시로 스파게티를 사 주셨다. 비가 부슬부슬 오는 날, 꽃철이 지나서 거리의 꽃집을 다 돌아다니다가 어느 구석진 꽃집에서 찾은 흰 마가렛꽃. 처음 본 꽃이었는데 어느 꽃집 사람들은 꽃을 잘 모르는 내게 비슷한 국화를 사가라고 했던 흰 마가렛꽃. 사별한 부인의 생일이면 교수님은 생전에 좋아하던 마가렛 꽃바구니를 들고 딸과 함께 묘소를 찾았다. 마가렛 꽃말은 마음속에 숨겨둔 진실한 사랑이다.

　교수님과 간 곳은 당시 서울 3대 스파게티 레스토랑 중의 하나였다. 당시는 스파게티 가게도 귀했지만 학생 신분으로는 터무니 없이 고가의 음식이어서 이름도 몰랐고 보기도 처음이었다. 분

명히 국수 같은데 젓가락은 없고 포크가 나왔다. 난감해 하자 교수님께서 먼저 포크로 국수 가락을 찔러 꽂은 후에 빙빙 돌렸다. '아이쿠, 모르겠다'며 그대로 따라했지만 그날 토마토소스를 얹은 스파게티를 간신히 먹었다. 포크 아래로 면발이 몇 가닥 늘어지면 면이 알 단테로 잘 익었고, 늘어지는 가닥 없이 포크에 말리면 너무 익었다는 것은 나중에 안 일이다. 고개를 숙이고 먹기 바빠 어디로 국수가 들어갔는지도 몰랐다. 교수님은 아주 세련되게 포크에 국수를 탁 찍어 마는데 나는 돌리다보면 풀어졌다.

파스타가 등장할 당시는 손으로 집어 먹어서 품위 없는 음식으로 간주했다. 포크가 나오고 18세기에 토마토가 대중화되어 토마토소스가 등장하자 파스타 요리가 완성되었다고 한다. 우리 국수에도 건면이 있듯이 장기 보관용인 건파스타가 있다. 기계가 발명되기 전까지 건파스타는 긴 막대기에 죽 걸어놓고 자연 건조시켰는데, 마치 우리가 국수를 막대기에 걸어 햇볕과 바람에 말리는 이치와 같다. 우리가 국수를 잔치국수라고 부르고, 결혼식 초대를 국수 먹여달라고 말하는 것처럼 파스타도 이탈리아의 잔치음식이었다.

이탈리아의 3대 수출품은 파스타, 피자, 마피아라는 말이 있다. 영화 〈로열 트리트먼트〉에서 이탈리아인 여주인공은 뉴욕에서 주민들에게 스파게티를 나누어주고, 라바니아 왕국에서는 자원

봉사 음식으로 토마토소스 파스타를 나눠주는데 이탈리아와 음식의 상관관계를 제대로 드러내었던 작품이다.

처음에 알게 된 이름이 스파게티여서 누가 파스타 먹자고 하면 다른 음식으로 알았다. 알고 보니 이탈리아어로 '반죽'을 의미하는 파스타가 총칭으로 스파게티는 거기에 포함되었다. 김치와 함께 파스타를 먹을 수 있어서 정말 다행이라고 늘 생각한다. 특히 까르보나라 파스타를 먹을 때면 그 맛에 탄복하는지 김치가 서양요리에도 잘 어울려 놀라는 것인지 애매모호하다. 이 'Carbone(까르보네)'는 '석탄'이라는 의미로 광부들이 석탄가루가 떨어지는 모습처럼 통후추를 갈아 뿌렸다는 말이 있는데 후추를 뿌리면 느끼함을 잡으니 이름이 그럴듯하다.

새하얗게 뽀얀 빛깔의 카르보나라 파스타를 먹을 때면 교수님이 해마다 만들 하얀 마가렛 꽃바구니를 떠올린다. 지상에 남겨진 사람들의 사랑도 이렇게 아름답다.

표고 인삼 치즈전

재료: 계란, 인삼 한 뿌리, 표고버섯, 밀가루, 모짜렐라 치즈 조금

1. 표고의 밑동을 따고 유장에 잠시 재운다(유장 만들기: 간장, 설탕, 참기름).
2. 1번 과정을 하는 동안 인삼과 치즈를 다져 표고 안에 넣고, 밀가루를 바른다. 계란 노른자만 위에 발라준다.
3. 팬에 구우면서 계란물이 있는 쪽은 5초 동안 지그시 눌러주면 계란물이 잘 퍼진다.

\# 표고가 너무 뻣뻣해서 부서질 것 같으면 끓는 물에 10초간 살짝 데친다.

〈무와 오이 야꾸미〉

1. 오이는 자바라처럼 썰어서 약 10분간 소금에 절인다.
2. 야꾸미 소스: 간장, 설탕, 식초, 물 3큰술(가쓰오부시와 다시마 육수)
3. 무를 강판에 갈아 상투과자처럼 예쁘게 만들어서 소스를 붓는다.

\# 오이는 칼끝이 바닥에 닿지 않게 어긋나게 썰고, 다시 반대로 돌려서 같은 방법으로 썰어주면 오이 자바라 썰기가 된다. 소독저를 오이 길이에 맞춰 놓고 썰면 아래까지 칼끝이 닿지 않아 잘 된다.

내 인생의 메뉴,
표고 인삼 치즈전

　　　　　야꾸미 소스는 일본식 초간장으로, '야꾸미'란 양념, 고명의 의미다. 그처럼 인생에 고명처럼 얹을 음식 메뉴가 필요하다. 표고는 아주 작은 그릇과 같아서 음식을 스타일링하기 멋진 식재료이다. 거기에 인삼을 얹으니 손님 접대상의 일품요리로 손색이 없다.

　김시습은 '버섯 싹은 흰 솜을 이고 있는 듯 여린 줄기는 통통하게 살 쪄있고 이를 캐서 솥에다 데치니 보글보글 지렁이 우는 소리가 들린다'고 시로 썼다. 버섯 데치는 소리를 이렇게 감각적으로 쓸 수 있다니 놀랍다. 아마 버섯 안으로 끓는 물이 스며드는 소리를 표현하지 않았을까. 그만큼 버섯이 품고 있는 통통한 조직이 깊다.

　김유정 소설 『만무방』에는 소설의 전반부를 할애하는 감칠맛

나는 버섯이야기가 나온다. 만무방이 된 응칠은 흙내와 함께 향긋한 땅김 나는 싸리버섯을 캐거나 송이파적을 하며 산다. 딴 송이는 칡에 엮고, 늙은 소나무 아래를 두리번거리며 알짜 송이를 찾는다. 노력 값에 비해 제 값도 못 받는 송이를 배가 고파 먹으며 혀가 녹을 듯이 만질만질하고 향기로운 맛이라고 생각한다.

언젠가 표고 농장을 방문한 적이 있다. 마른 나무들이 죽 늘어서 있는데 거기서 표고가 자란다니 신기했다. 옛말에 '일능이 이표고 삼송이'라고 했다. 능이는 산 참나무, 송이는 산 소나무에서 자라서 우수한 버섯이다. 표고는 죽은 나무에서 자라 재배가 쉽지만 만만하지 않은 버섯이다. 이른 봄의 표고는 향이 가장 좋고 조직도 단단해 소고기와 맛 구분이 안 갈 정도로 맛있고, 말릴수록 향기와 영양이 더 좋아져서 송이버섯에 버금간다. 김동리의 『역마』에는 화개장터에 가면 지리산에서 나오는 온갖 산나물이 있다고 묘사해서 설레는 마음으로 간 적이 있다. 그곳에서 성기와 계연의 애틋하고 슬픈 사랑의 흔적은 찾을 수 없지만, 산나물만이 아니라 버섯의 종류도 아주 많아 어느 것이 더 좋은지 구별하기도 어려웠다.

버섯 요리를 할 때면 흐르는 물에 씻고 꼭 짜지 않고 이용해야 버섯이 품고 있는 수분까지 섭취할 수 있다. 사찰 음식에서는 말린 표고를 물에 담가 우려낸 흙빛의 물도 버리지 않고 사용한다.

한방에서는 항암 치료 시 표고를 항암제와 함께 복용하면 그 효과가 더 좋다고 말하는데 실제 항암 치료를 하던 친지도 버섯을 꾸준히 먹었다고 한다. 현재 회복된 것이 버섯 덕분인지는 확인할 수 없지만 도움이 되었다고 확신하고 있었다. 로마의 폭군 네로 황제는 '버섯왕'이라는 별명이 있을 정도로 버섯 자체를 좋아했다. 항암 효과가 있다는 차가버섯은 솔제니친의 노벨문학상 작품인 『암병동』으로 인해 널리 알려졌다. 그러나 버섯이 몸에 좋다고 큰 냄비에 대량으로 삶아서 그 물을 마시다가 즉시 응급실에 실려 간 사람을 직접 보았다. 아무리 몸에 좋아도 지나치면 독이다.

　인삼을 더한 요리를 만드니 다문화 시대의 접대에도 좋은 음식이 되었다. 인삼 종주국인 고려 인삼에 대한 호감이 대단해서 동경을 떠나올 때는 일본인 선생님과 교수들께 감사의 선물로 드린 적도 있다. 브리야 샤바랭은 식(食)을 통해 한 인간의 삶에 대한 가치관을 엿볼 수 있고, 식 행동은 한 민족의 문화의 척도로 보았다. 인삼과 표고를 이용한 상차림이 멋져서 인생의 메뉴로 정하니 횡재한 기분이다.

사과와 호두 샐러드

재료: 사과, 샐러리, 깐 호두, 레몬

1. 사과는 베이킹소다를 살짝 뿌려 껍질을 닦는다. 샐러리는 질긴 껍질을 벗겨 내고, 호두는
   물에 불려 이쑤시개로 살살 껍질을 벗긴 뒤 각각 1cm로 자른다.
2. 소스: 마요네즈 2큰술, 소금, 백후추, 레몬즙
3. 손질한 채소와 과일에 소스를 넣어 살살 버무린다.

\# 사과를 베이스로 하는 상큼한 샐러드로 냉장고 속 여러
  과일을 사용하면 된다.
\# 레몬이 없으면 시판 레몬즙을 쓰고, 사과 썰기는 편
  한 대로 한다.

첫사랑의 이상향을 버무린
사과와 호두 샐러드

사랑의 여신 아프로디테에게 바친 파리스의 황금사과는 트로이 전쟁까지 불러일으킨 사랑의 상징이다. 그리스 신화에서 호두나무는 연정을 상징한다. 황순원의 상큼한 첫사랑 소설 『소나기』에는 대추를 준 소녀에게 선물하려고 호두 서리를 하는 소년이 나온다. 여기서 호두는 소나기처럼 짧고 강렬한 첫사랑을 전하는 열매다. 그래서 사과를 주 재료로 하고 호두를 넣는 '월도프 샐러드'를 먹을 때면 클래식하지만 순정한 사랑을 맛보는 느낌이 든다. 이 샐러드는 미국 뉴욕의 월도프(Waldorf) 호텔에서 열린 만찬에 등장한 것이 처음이라고 하지만 굳이 서양 음식이라 단정 지을 수는 없다. 우리에게도 비슷한 음식이 있기 때문이다.

예전 결혼 잔치는 마당에 멍석이나 평상을 있는 대로 펼쳐놓고 벌어졌다. 동네의 대청마루도 피로연 장소로 결국 동네 잔치였다.

어른들은 손 많이 가던 사과 샐러드를 함지박 가득 만들었다. 거의 기름기와 단맛이 전부인 잔치 음식에서 느끼함을 잡는 상큼한 음식이었다. 월도프 샐러드에 사용하는 레몬즙 대신 유자청을 썼다. 각 집에 한 그루씩 있는 유자나무는 찬바람이 불면 만병통치약쯤으로 생각하며 유자차나 청을 만들 때였다. 동네 어른들은 늘 한 손에 호두 두 알을 들고 도르륵 굴리며 다녔을 만큼 남쪽지방은 호두나무가 흔했다. 샐러드엔 호두가 들어갔고, 비싸서 벌벌 떨며 사용하지 못하던 잣도 뿌듯하게 휙 뿌렸다. 신토불이 사과 호두 사라다는 멋진 피로연 음식으로 탄생했다. 그러니 굳이 서양이름을 붙이지 않아도 '사과 호두 유자청 버무림'으로 부를 수 있다.

무릉도원을 상징하는 복숭아(桃)의 이름을 품은 호도(胡桃). 호두는 고대 그리스에서 다산의 상징으로 결혼식에 사용되었다. 따라서 결혼식 피로연 음식에 '호두 넣은 사과 샐러드'가 등장하는 것은 힘들고 고된 삶속에도 아름다운 사랑의 이상향을 계속 꿈꾸길 바랐던 것이거나, 혹은 단단한 껍질을 깬 호두처럼 새로운 삶으로 나아간다는 의미이리라.

멕시코 작가 라우라 에스퀴벨의 소설 『달콤쌉싸름한 초콜렛』에서 호두는 새 삶을 찾는 상징으로 나온다. 멕시코의 관습대로 막내딸인 티타는 평생 어머니를 돌봐야 해서 결혼할 수 없다. 자신의 슬픈 운명을 요리를 하면서 참고 견디던 티타는 12월의 요리인 '호두소스를 얹은 칠레고추 요리'를 끝으로 운명에서 벗어난다. 호두 요리는 일상적인 틀에서 벗어남을 말하려 했던 것이다.

사과는 먼 고대로부터 현대에 이르기까지 지혜, 불로장생, 풍요, 아름다움, 사랑 등 다양한 상징으로 빠짐없이 등장했다.『춘향전』경판본에서 춘향과 이몽룡의 백년가약 상에 오르고, 쉘 실버스타인의『아낌없이 주는 나무』속 사과나무, 이브의 사과, 빌헬름 텔의 사과, 합리적이고 이성적인 뉴턴의 사과, 세잔의 그림 속 사과, 알렉산더가 불사의 삶을 원해 찾아 헤맨 황금사과, 백설공주의 독사과 등. 이처럼 사과는 도처에서 차용된다.

국어 교과서에 사과의 좋은 점이 실려 있어서 그걸 읽은 후에는 매일 사과를 먹는다. 특히 교과서에 건강과 밀접한 음식을 재미있게 소개하면 성장기의 아이들에게 많은 도움이 될 것이다. 시험을 치르는 교과서는 성인이 되어서도 오래 남을 테니까.

마파두부덮밥

재료: 두부, 돼지고기, 마늘 2쪽, 생강, 대파, 홍고추 반 개, 간장
양념 재료: 두반장, 설탕, 후추, 물

1. 팬에 고추기름을 넣고 다진 마늘과 생강, 대파로 향을 낸다.
2. 고기는 간장과 후추로 밑간을 살짝 한다.
3. 1번에 간장을 넣고 볶다가 홍고추와 고기를 넣고 볶는다.
4. 양념: 두반장 1큰술, 설탕 1큰술, 물 1컵 정도 넣고 끓으면 전분물(물:전분=1:3)로 농도를 맞춘다.
5. 두부를 넣고 마지막에 참기름을 넣는다.

\# 고추기름: 팬에 식용유 4큰술, 고춧가루 1큰술을 약불에 끓이다가 거품이 나면 불을 끄고 체에 키친타월을 깔고 거른다.

요리에도 반전이 필요해,
마파두부덮밥

동네에 유명 셰프가 중국집을 열었다고 해서 당연히 갔다. 세 아이들을 다 데리고 갔으니 메뉴판을 안 봐도 짜장면, 탕수육, 짬뽕이다. 그때 셰프가 쏜살같이 나와 가족이 방문한 건 처음이라며 메뉴판에는 없는, 새로 개발한 음식을 한번 맛봐 줄 수 있겠냐고 제안했다. 이름도 '마파연두부덮밥'이라서 영 상상이 가지 않아 거절했다. 그때 마파두부 팬인 큰딸이 자청해서 먹겠다고 나섰다. 그런데 마파연두부덮밥을 먹은 순간 모두 눈이 휘둥그레졌다. 연두부는 소스에 처음부터 스며들어 부드럽고 구수한 향과 맛만 입 안 가득 남았다. 그날 이후로 파격적인 요리도 기꺼이 먹어봐야 한다는 것을 체득했다.

중국 여행을 다닐 때 베이징 요리가 맛이 지나치지 않아 먹기 편했다. 상해 요리는 지나치게 기름을 많이 사용하고 양도 너무 많아 부담스러웠다. 서안 요리는 너무 밋밋하고 심심했다. 베이징 요리는 수도이기 때문에 수많은 사람의 교류로 인해 보편화된 맛으로 변했을까. 그런데 이 세 지역에서 빠지지 않고 나오는 요리가 양배추, 오이, 호박 등을 기름에 잘 볶은 것인데, 미지근한 차나 물과 함께 서빙되었다.

중국인들은 두부를 좋아해서 그런 사람들을 두부당(豆腐黨)이라고까지 한다. 중국 요리 순서에서 주 요리인 고기 요리 다음에 두부 요리가 나오는 것은 부드러운 음식으로 부담을 주지 않으려는 배려였다. 그래서인지 중국의 세 도시에서 먹었을 때 공통적으로 마파두부가 빠지지 않았다. 중국드라마 〈하지미지(夏至未至)〉에서 남녀공학인 학교는 각 반의 연말 프로그램으로 점수를 매기는데, 여주인공이 남주인공에게 마파두부 만드는 법을 가르쳐주는 것을 보면서 중국에서 마파두부란 추억의 음식이 아닐까 생각했다.

사천 요리하면 매운맛부터 떠올리는데, 그중의 대표 음식이 마파두부다. 이곳 요리는 고추나 파, 마늘, 생강을 많이 사용해 느끼하지 않아 우리 입맛에도 잘 맞는다. 마파두부는 얼굴이 얽었지만 요리를 잘하는 진마파 노인이 가난한 상인이나 노역자들이 가져온 재료인, 두부와 고기 및 상인들이 파는 기름을 활용해서 만든 흐뭇한 음식으로 알려져 있다.

마파두부는 순전히 중국식이라기보다는 전쟁 이후 중화요리점들이 많아지면서 한국식의 입맛에 맞는 음식으로 변모했다. 나도 마파두부를 만들 때는 두반장 소스보다 깔끔한 맛의 중국식 고추장인 마늘소스가 더 입맛에 맞아 즐겨 쓴다.

우리나라도 두부 요리는 옛날부터 진미 중의 진미로 쳤고, 또 성스러운 음식으로 여겨 중요한 행사에는 반드시 두부를 손수 만들어 공양했다. 이렇게 맛있는 두부도 너무 연해서 잘 부스러진다면 살짝 데치거나 기름에 구우면 손님상에 낼 때 모양이 살아있다. 부드러운 연두부는 용기에 넣은 채 칼로 잘라서 그대로 접시에 엎으면 모양이 흐트러지지 않는다. 그 위에 뜨거운 마파소스를 엎으면 연두부 속으로 일시에 스며들면서 따뜻하게 데워진다. 그 맛의 기억으로 다가올 시간들을 따뜻하고 연하게 맞을 것 같은 마음이 든다.

더덕배잣즙 생채

재료: 더덕, 배, 흑임자, 잣즙 소스(배, 잣, 소금 약간)

1. 깨끗이 씻은 더덕은 돌려 깎기로 껍질을 벗겨 마른행주 위에서 방망이로 살살 두드리며 잘게 찧는다.
2. 배는 나무젓가락 굵기로 채 썰고, 배 1/2은 소스로 사용하게 남긴다.
3. 믹서에 잘게 썬 배와 잣을 넣어 갈고, 소금으로 간을 맞춘다.
4. 3번의 잣 소스를 더덕과 배 생채 위에 부어 버무리고 흑임자를 뿌려 마무리한다.

숨길 수 없는 사랑의 향기,
더덕배잣즙 생채

　　더덕을 손질하면 도마와 방망이뿐만 아니라 온 손이 더덕의 진으로 끈적이게 되지만, 모든 수고가 더덕 향기 하나로 상쇄된다. 언젠가 아파트 화단을 지날 때 문득 더덕향기가 훅 풍겨, 순식간에 깊은 산속처럼 느꼈다. 가까운 대모산에서 더덕씨가 날아와 발아했을 거라고 믿었다. 더덕 향은 아주 진해서 바람만 잘 타면 수십 미터 밖까지 향기가 퍼진다. 마치 숨길 수 없는 사랑처럼.

　　김유정의 소설 『소낙비』에는 도라지와 더덕을 두고 사발 남짓 캐면 보리쌀과 바꿔 먹을 수 있다는 구절이 나온다. 일제 시대의 궁핍한 현실이다. 그러나 내게 강원도 더덕은 외할아버지의 향기다. 외할아버지가 강원도 산에서 캔 더덕 몇 뿌리를 우물가 빈 뜰에 심자 옛집은 한동안 깊은 산골처럼 아득했고, 다른 꽃들이 진

후에도 더덕 향기는 사라지지 않고 남아 위로가 되었다.

　김동리 소설 『역마』에는 지리산 화전민들의 더덕, 도라지, 두릅, 고사리들이 화개골에서 내려오고, 산골짜기치고는 꽤 은성한 장이 선다는 화개장터가 나온다. 그 설레는 장면을 상상하며 아주 오래전에 장터를 간 적이 있다. 주인공들의 애련한 사랑은 찾지 못해도 지리산 더덕이나 살까 했지만 산더덕 대신 묵나물을 한보따리 샀고, 역마살 대로 엿장수가 되어 떠난 주인공을 떠올리며 가래엿을 샀었다. 얼마 전 다시 찾은 화개장터는 이제 그마저의 정취도 남아있지 않았지만 나물은 지천이었다.

　진안의 더덕은 8품에 들고, 더덕구이는 8미로 유명하다. 마이산 탐사를 다녀오다가 잊지 않고 들른 산채정식 식당에서 먹은 더덕고추장구이는 마이산의 깊은 정기와 탐사의 신비까지 더해져서 8품 8미라고 말해도 손색이 없었다.

　오태석의 희곡 『춘풍의 처』에서 수중세계의 인물인 이지와 덕중은 노모를 살릴 더덕을 구하려고 지상으로 온다. 깊은 산속의 더덕은 산삼 같은 효능이 있다고 믿었다. 더덕의 이름은 껍질에 울퉁불퉁한 작은 혹들이 더덕더덕 붙은 데서 유래하는데, 한자로는 '가덕(加德)'이다. '더할 가'를 차용했지만 끝까지 우리 식의 더덕이란 고운 이름을 쓴다. 식재의 효능으로 보든 모양 때문이든 참 좋은 이름이다.

잣은 20년이 되어야 열매를 맺으며 2~3년을 주기로 많이 맺혔다 적게 맺혔다 하는 귀한 식자재이다. 원숭이를 이용해서 잣을 따려다가 잣의 진 때문에 원숭이가 거부하여 실패할 정도로 어렵게 채취한다. 함세덕의 희곡 『동승』에는 절을 떠나는 도념이 어머니를 찾으면 주려고 모았던 잣을 존경과 감사의 뜻으로 주지에게 남긴다. 자연산 잣을 따기도 어렵지만 오래 묵은 나무여야 해서 지극한 정성을 나타낸다.

고전소설 『서동지전』에서는 다람쥐가 서대주에게서 잣을 얻어 살았으면서 도와주지 않자 모함하는 송사 사건이 나온다. 다람쥐나 청솔모가 잣을 좋아해서 잣 수확이 어렵다고 하니 소설이 이해된다. 신충의 향가 「원가」에서 효성왕과 신충의 이야기가 깃든 잣나무와, 신라 향가 「찬기파랑가」에서 기파랑의 지조와 절개를 비유한 잣나무, 추사 김정희의 〈세한도〉 속 소나무와 잣나무의 고고함을 생각하면 잣으로 버무린 한 그릇 생채는 고결한 마음이 깃든 음식 이상이다.

향기 높은 더덕과 그리스의 역사가인 호머가 '신의 선물'이라고 극찬한 배까지 더한 음식 한 그릇을 먹으면서 잠시 탈속의 기분을 맛보고 있다. 그러나 무엇보다도 황진이가 '강 한가운데 떠 있는 조그만 잣나무 배'를 보면서 첫사랑을 노래했듯이 잣 향기가 촉촉이 마음을 적시는 중이다.

훈제 바비큐

재료: 차돌양지 5.9kg, 물, 흑설탕 160g, 소금 240g

1. 고기 손질 시 양지 부분에서는 기름을 너무 걷어내지 않고, 차돌과 양지 사이 떡기름만 적당히 걷어낸다.
2. 끝 부분을 자르면서 타원형으로 모양을 잡는다.
3. 염지액(물, 흑설탕, 소금)에 고기를 반나절 절여 안으로 간이 스며들게 한다.
4. 파프리카가루:갈릭파우더:소금:후추=1:1:1:2로 럽(문질러주기)을 할 양념을 만들고 간이 잘 스며들도록 3번 정도 고기에 문질러 준다.
5. 평균 온도 130도로 12시간 조리하고, 2시간 동안 레스팅(뜸들이기)한다.
6. 조리 시 1시간마다 열어서 스프레칭(사과주스 대신 써머스비 사이다 사용)한다.
7. 초기 조리 몇 시간 동안은 훈연칩을 많이 써서 훈연향을 입혀야 스모크링이 잘 나온다.
8. 심부 온도 75도가 될 때까지 조리 후에 쿠킹 호일로 감싸서 95도까지 조리, 호일로 감싼 이후는 130도를 유지하면서 스프레칭 없이 조리한다.

\# 스프레칭은 고기가 마르지 않게 스프레이로 사과주스나 맥주를 뿌려주는 것이다.

\# 호일로 감싼 이후에 바크가 제대로 형성되므로 잘 감싼다. (바크는 바비큐가 잘 된 부분에서 겉이 바삭하고 쫄깃한 부분이 형성되는 것을 말한다. 제일 맛있는 부분이기도 하 다.)

옥상 위의 로망,
바비큐

　　　　　　아파트의 정글인 서울에서 옥상이 있는 주택을
가진 것만도 꿈 같은데, 시원한 바람을 맞으며 바비큐하는 상상도
못한 일이 진짜 일어났다. 모두들 옥상의 로망은 역시 바비큐라고
고개를 끄덕이며 저마다 품었던 추억을 꺼내는 시간을 가졌다.

　바비큐는 숯불의 온도 조절까지 하며 은근히 굽다 보니 고기
굽는 시간을 넉넉하게 잡아야 한다. 문득 고기 한 점을 먹은 순간
한강의 소설 『채식주의자』가 떠오르는 것은 무엇인가. 갑자기 고
기를 먹는 육식 인간으로서 멈칫하고, 법정스님의 「먹어서 죽는
다」란 수필까지 꼬리를 문다. 육식을 먹는 자의 무거움을 알면서
도 젓가락은 막 숯불에서 익은 고기 쪽으로 성큼 간다. 그저 평범
한 자의 음식에 대한 상념으로 퉁 치면서.

　미국 리뷰 사이트로 유명한 옐프(Yelp)가 뽑은 유행 음식 10에

뽑힌 한국 음식은 떡볶이와 코리안 바비큐다. 어릴 때는 연탄불이 집집마다 있어서 석쇠를 걸치기만 해도 생선이든 고기든 맛있는 구이가 되었다. 저녁이면 동네 골목에서 생선 굽는 냄새가 흘렀고, 고기 굽는 냄새가 나면 어느 집인지 금세 들통이 나서 그 집은 그날 틀림없이 특별한 일이 있었으리라고 다들 알았다. 서울에 올라와 무교동을 지날 때면 가게마다 연탄불에 기름이 뚝뚝 떨어지는 청어 굽는 냄새가 진동했다. 고기 굽는 냄새는 더 환장할 지경이었지만, 가난한 대학생들에게는 그림의 고기였다.

바비큐의 유래설은 많지만, 인류가 불을 발견하고 고기를 그대로 굽던 바로 그때부터 시작되었을 것이다. 미국에서는 독립기념일이나 아버지의 날에 바비큐 도구가 많이 팔린다고 한다. 큰 덩어리의 고기, 불, 고기를 꿴 꼬챙이, 바비큐 그릴의 무게, 칼, 집게 등을 보니 남성의 힘이 더 필요해 보인다. 고기는 한 끼 먹을 분량이 아니어서 많은 사람이 모여야 한다. 그래서 바비큐를 단순히 고기 굽는 의미로만 알면 안 된다.

조선 시대 풍속화인 작자 미상의 〈상춘야연도〉는 화사한 꽃 아래서 갓을 쓴 선비 3인이 고기를 구워먹는다. 솥뚜껑을 덮은 듯한 고기 굽는 판은 단단한 돌 위에 올려져있다. 아마 나뭇가지를 꺾어서 불을 피웠으리라. 고기가 구워지기를 기다리는 표정은 만족스럽고 그윽하다. 주변에 핀 꽃나무들은 도화가 아닐까. 고기 먹는 봄날이 바로 무릉도원일 것이다.

원래 조선의 '난로회'는 10월에 날씨가 쌀쌀할 때 성행했다. 정조나 정약용, 박지원도 난로회를 즐겼다. 정약용은 소 염통 구워 먹는 게 부추밭 가꿈보다 낫다고 말하면서 고기 굽는 일을 즐긴다. 유배지에서 아들들에게 근검하라고 편지를 보내며 신신당부하던 것과는 배치되지만, 고기 구워먹는 일은 실학자들도 외면하지 못했던 모양이다.

박인로는 가사 「누항사」에서 농사에 쓸 소를 빌리러 이웃집에 갔지만 빈손으로 돌아왔다고 탄식한다. 박지원의 『허생전』에서 허생은 전국의 도둑 떼를 모아 한 사람 앞에 돈 백 냥씩을 주면서 소 한 마리를 구해오라고 했다. 따라서 조선 후기에 농경에 중요한 소는 함부로 도살하지 못했는데, 난로회를 즐겼다는 사실이 놀랍다.

옥상 위의 바비큐 파티는 춥고 시린 냉혹한 매일을 견딜 수 있기를 바라며 화목을 도모하는 우리 식의 난로회다. 바비큐 고기한 점에는 바람과 자유 그리고 어느 나무의 향기까지 배어 있다.

인당수 칵테일

재료: 생막걸리(국순당) 3oz, 블루큐라소 1/3oz, 토닉워터, 가니시는 레몬 웨지

1. 쉐이커에 얼음을 넣고, 각 재료를 용량대로 넣어서 가볍게 흔든다.
2. 잔에 따르고 나머지 부분은 토닉워터로 잔을 채운 후에, 웨지 레몬으로 장식한다.

\# 블루큐라소는 도수가 많이 높아서 블루큐라소 시럽으로 대체하면 마시기 좋다.
\# 잔은 길쭉한 필스너 잔이 맞지만, 칵테일 잔도 무관하다.
\# 지거(칵테일용 계량 용기)는 작은 쪽이 1oz, 큰 쪽이 2oz이다.

착한 효녀의 술,
인당수 칵테일

'인당수 칵테일'은 심청이 아버지를 위해 몸을 던진 인당수를 표현했다. 색감도 깊고 푸른 바다 한 쪽이 들어있다. 푸르고 깊은 바다와 심청의 희생이 포함된 인신공희설화는 언제나 애틋하다. 참 착하지만 가여운 효녀를 당시 사람들은 황후로 만드는 센스를 발휘하니 그나마 다행이다.

이 칵테일은 특이하게도 막걸리가 베이스다. 경상도에서는 막걸리를 탁배기, 탁주로 불렀다. 가을걷이 날 타작을 하는 논에 새참을 가져갈 때 노란 양은 주전자에 내가 들고 가던 술이었다. 정약용은 「보리타작」에서 새로 거른 막걸리가 젖빛처럼 뿌옇다고 말하며 타작하는 일꾼들의 건강한 모습과 벼슬길만 좇던 자신을 비교한다. 동네 고사가 끝나고 여기저기 막걸리를 끼얹을 때, 술 드시라고 뿌린다는 말을 곧이듣던 나는 귀신마저도 막걸리를 좋아한다고 생각했다.

집안의 큰 제사나 명절에는 큰고모가 미리 와서 동동주를 담갔다. 정지(부엌)에 동동주가 있어서 밥알이 공중 부양하듯이 동동 뜨기에 단술(식혜)인줄 알고 먹은 적이 있다. 취해버린 내 모습을 보고 큰고모는 "할배가 큰손녀하고 먼저 한 잔 하셨구만."하면서 크게 웃기만 했다. 정철의 「관동별곡」 결사에서 신선이 따라주는 '유하주'를 북두칠성을 기울여 받아먹는 장면을 읽을 때면 그 술맛은 틀림없이 그때 먹은 동동주의 맛일 거라고 상상했다.

어릴 때 고모들의 술지게미 심부름을 하면 미리 야금야금 베어 먹으며 왔을 정도로 맛있었다. 술을 최대한 거르고 짜낸 후에 남은 술지게미는 납작하고 평평해서 한 손에 들고 먹을 수 있는 과자 같았다. 먹고 남은 술지게미는 버리지 않고 뜨끈한 찌갱이죽을 끓여서 다들 훌훌 마셨는데 그 옆에서 한 모금 얻어먹으려고 안달을 했다. 백석의 시 「고방」에는 오지항아리에 삼춘이 밥보다 좋아하는 찹쌀 탁주가 있다고 하며 그 시큼털털한 술을 잘도 먹었다고 한다. 찹쌀로 담근 탁주라니 아마 백석의 기분이 나보다 더 달고 부드러웠을 것이다.

얼마 전 지리산 여행을 갔다가 산수유 막걸리의 빛깔이 너무 고와서 안 마실 수가 없었다. 김종길의 시 「성탄제」에서 아픈 어린 아들을 위해 아버지가 눈을 헤치고 가져왔던 진통 해열제의 효과가 있는 그 붉은 산수유를 떠올리면서 먹는 연핑크빛 술이었다.

술맛도 아주 좋아서 달콤한 맛이 막걸리의 흔적을 상쇄시켜 깔끔했다. 고구려의 시조 신화인 『주몽신화』에서 해모수는 세 자매에게 동이술을 먹인 후에 유화를 붙잡는다. 그러자 유화의 아버지인 수신 하백도 해모수에게 술을 먹여 유화와 함께 가둔다. 신화에서도 술은 아버지의 사랑으로 표현된다. 산수유 막걸리나 인당수 칵테일처럼 혈육의 사랑을 표현한 아름다운 술을 만든다면 술도 의미가 생기며 더 멋질 것만 같다.

이규보의 술을 의인화한 가전체 『국선생』은 술을 긍정적으로 그렸지만, 임춘의 『국순전』은 술로 인해서 타락하는 인간의 모습을 그려 대비된다. 김만중의 『구운몽』에서 양소유는 중양절에 국화주를 마시면서 인생무상을 느끼며 성찰한다. 술에 관한 옛사람들의 생각을 읽으면서 나도 성찰하게 된다.

즐겁거나 힘들 때도 마시는 술은 동서양을 막론하고 인류의 소울 음료일 것이다. 막걸리는 1ml당 유산균이 수백만에서 수억 개가 들어있다고 한다. 막걸리가 마구 거른 술이라는 의미라면 이름이 오히려 술의 영양학에 못 미친다. 술이란 이름도 막걸리 한 잔 마시면 한 맺힌 인생사가 술술 풀리는 듯해서 지었을 것이다. 언젠가 고양의 배다리술박물관에 갔더니 막걸리는 통일의 술로 불리고 있었다. 만일 그렇게 된다면 막걸리야말로 모두의 마음을 치유하는 술이 될 것이다.

뉴욕 칵테일

재료: 버번 위스키 1과 1/2oz, 라임 주스 1/2oz, 가루설탕 1작은술(1/8oz, 3.7ml),
그레너딘 시럽 1/2작은술

1. 칵테일 잔에 얼음을 2~3개 넣어 잔을 차갑게 한다.
2. 쉐이커에 얼음 4~5개를 넣은 후 위의 재료를 차례로 넣고 잘 흔든다.
3. 칵테일 잔의 얼음을 버리고 쉐이커에 있는 얼음도 걸러 내용물만 따른 뒤 레몬껍질로
   장식한다.

\# 레몬 껍질을 비틀어서 트위스트 형태로 만들어서 사용
한다.

사랑의 애잔함,
뉴욕 칵테일

칵테일을 처음 마셔본 것은 서울에 올라와 종로의 어느 칵테일 바에서였다. 대학 초년생 시절에 친구들과 함께 폼을 좀 잡아보자는 생각이었을 것이다. 친구 서넛이 마치 영화처럼 바텐더를 마주하고 카운터에 앉았다. 그러나 너무 당황해서 영화 속 로맨틱한 장면도 만들 수 없었을 뿐더러 이론과 실제의 거리는 너무 멀었다. 여학생 서넛이 한꺼번에 우르르 들어가기에 칵테일 바는 그다지 어울리는 곳이 아님을 금세 눈치 챘다.

이미 우리의 상황을 알아 챈 바텐더가 여자들에게 어울리는 칵테일이 있다고 했고, 우리는 민망해서 "알아서 해주세요."라고 했다. 그때 바텐더가 건넨 칵테일이 '싱가폴 슬링'이었다. 술이라면 소주, 맥주, 막걸리나 알았던 우리 앞에 핑크빛 호수를 담은 듯한 잔이 놓였을 때, 시골내기가 처음 본 서울의 매력에 홀딱 빠져버린 표정을 하고 있었으리라. 그 이후 칵테일을 세련된 도시 여성의 모습으로만 기억했다. 실제로 그때 우리에게는 명동과 종로가 서울의 전부이기도 했다. 칵테일의 감성적인 면은 여성의 마음을 움직이는 데도 효율적이어서, 칵테일이 널리 알려진 계기도 여성 외식 활동의 활발함과 상관관계가 있다고 한다.

피츠제럴드의 소설 『위대한 개츠비』에서 성공한 개츠비는 동부 뉴욕의 외곽 지역에 거주하면서 언젠가 첫사랑의 여인 데이지를 초대할 계획으로 늘 성대한 파티를 연다. 당시 미국 사회는 칵테일파티가 성행했다. 개츠비의 파티에는 엄청난 양의 오렌지와 레몬이 매주 금요일마다 배달된다. 30분 안에 200잔의 오렌지 주스를 만들면 오렌지와 레몬들은 껍질만 남고 버려졌다. 결국 개츠비는 데이지와의 사랑을 이루지 못한 채 비극적이고 어처구니없는 죽음을 맞는다.

개츠비의 칵테일이 한갓 시들어 버려지는 껍질처럼 정신적 허무에 빠진 인간들의 군상을 드러낸다면, 『춘향전』에 등장하는 칵테일은 정반대로 사랑의 만남을 축복한다. 경판본과 완판본에 공통으로 등장하는 술은 포도주, 송엽주, 과하주(過夏酒, 한여름 동안 길속에 묻은 술), 화주(火酒, 소주), 천일주 등인데, 특이한 것은 경판본에 나열하는 술들을 모두 합한 '혼돈주(混沌酒)'이다. 바로 칵테일인 셈이다. 고려 시대는 곡류주가 발달하고 과실류 등을 혼합하는 혼양주 조법이 새로 개발되어 조선 시대의 칵테일 문화로 전승된다. 『춘향전』에서 단옷날 만난 이몽룡과 춘향이 그날 밤에 백년가약을 약속하면서 마시는 혼돈주도 바로 그 문화가 이어져 온 것으로 보인다.

칵테일(Cocktail)이라는 이름은 18세기 영국에서 처음 나온 것으로 보며, 전문적인 칵테일은 1889년 만국 박람회를 지나 두 차례의 세계대전을 거쳤을 때 등장한 것으로 본다. 거친 전쟁으로 인한 혼돈의 시대를 잊기 위해 술은 필요했다. 이때 전문적인 칵테일 바들과 바텐더가 나타난 것이다. 이순신도 『난중일기』에서 임진년 2월에 몰려든 피라미 떼 2,000여 마리를 잡아서 전선 위에 앉아 술을 마시며 봄 경치를 만끽했으며 정말 굉장했다고 썼다. 전쟁터의 쓸쓸함과 암울함은 이렇게 동서양을 막론하고 술을 필요로 한다.

어릴 때 외할아버지의 칵테일 처방인 계란술을 먹어본 적이 있다. 말간 유리컵에 정종을 따르고 거기에 계란 노른자를 넣는데 그것은 허약체질이었던 나의 몸보신용이었다. 엘러리 퀸의 추리 소설 『Y의 비극』에서 루이자는 불면증을 치료하기 위해 늘 계란술을 먹었다. 일본에서는 다마고자케, 미국에서는 에그녹(Eggnog)으로 부르며, 술 대신에 우유가 들어간다. 계란술은 순하고 맛있어서 술을 마시지 못하는 사람에게도 좋으며, 속을 편하게 하여

지칠 줄 모르는 체력을 유지하게 해주니 저녁 잠자리에 들 때 먹으면 좋다고 한다.

이제 칵테일이란 용어는 술만이 아니라 다양한 분야에서 차용된다. 오드리 헵번이 영화 〈티파니에서 아침을〉에서, 줄리아 로버츠가 영화 〈귀여운 여인〉에서 입었던 검정 칵테일 드레스는 패션에 깜찍한 이름을 붙인 것인데 참 멋지다. 문화의 전파는 이렇게 서로 살아서 번져 가는 것이다.

미국의 대도시 뉴욕의 이름을 그대로 붙인 뉴욕 칵테일은 뉴욕에 해가 떠오르는 모습을 연상하도록 이름 붙였다. 붉게 타오르는 화려한 색채가 모든 인종이 몰려드는 대도시 뉴욕에 어울린다. 그러나 가끔 9.11 테러의 비극이 떠오를 때가 있어서 술의 카타르시스 효용을 빌려야할지도 모르겠다.

저녁의 식당에서

이지현

홀로, 거리를 걸어가거나
홀로, 늦은 저녁 시간에
아무도 몰래 등을 돌리고 저녁을 먹는 일
따스한 위로는 한 밤의 반주로 남겼다

누군가 눈이라도 마주치기를 기대하면서
저녁의 식당에 오래 앉아본 적이 있는 사람은 안다
식당 밖에서는 사루비아가 불타고
과꽃이 흔들리는 시간은 문밖에 있다고

한때는 우리를 부르던 어떤 것들이
더 이상 오지 않을 만큼 시간은 흘렀고
더 이상 기다린다고 속삭여도 들리지 않을 만큼 지났지만
그래도 늦은 시간에 누군가 지나가길 기다리면서

홀로, 등을 돌리고 저녁을 먹는 그런 시간이
가끔은 번쩍이며 행복했던 날카로운 순간임을
오래 잊지 않는다

주변의 많은 분이 아이들을 키우는 보통 주부가 어떻게 많은 자격증을 따게 되었는지 궁금해 합니다. 처음에는 아이들의 밥상을 차리다가, 이왕이면 영양이 풍부한 건강한 식탁을 차리고 싶다는 마음이 들어 전문적인 자격증에 관심을 가지게 되었습니다.

국가 지원의 내일 배움 카드를 신청하니 출결 체크가 필수여서 나태해지려는 마음을 다잡았습니다. 지원금은 각 개인의 조건에 따라 다르지만 다양한 국가 지원 제도와 국가 취업 지원 제도도 있어 많은 장점이 있습니다.

필기시험은 문제은행에서 출제되므로 많이 풀수록 유리합니다. 책 내용을 암기한 후에는 인터넷에 문제만 푸는 무료 앱을 활용했습니다.

실기는 두 종목이 같이 나오기 때문에 예상 종목을 적어 머릿속에 순서를 그려보는 이미지 트레이닝을 했습니다. 예상 종목은 자격증반 수업의 실습 종목과 비슷하거나 거의 같습니다. 수업 후에는 실제 시험 재료와 같은 용량으로 집에서 반드시 복습했습니다. 준비물 실습 키트도 사서 인터넷 무료 강의를 보며 독학을 하니 어렵지 않았습니다.

자격증 취득은 흥미와 관심을 가진 종목부터 시작하면 중단하지 않고 재미있게 할 수 있습니다. 서투른 칼질과 생소한 메뉴를 대할 때면 난관에 부닥쳤지만 하고 싶은 것을 먼저 하자 의욕이 생겼습니다. 따라서 자격증에 관한 편견이나 선입견보다는 관심과 흥미를 느끼는 요리부터 시작해보세요. 자신감이 차오르고 다음 단계가 쉬워져서 다른 종목에도 도전할 용기가 생깁니다.

자격증의 난이도에 대해서 많은 질문을 받습니다. 제 경우에는 한식이 가장 어렵고 시험 요구사항도 무척 까다롭게 느꼈습니다. 양식은 이름이나 재료 조리법이 생소해서 어려운 부분이 있었습니다. 일식은 통 생선을 잡아서 요리할 수 있어야 하고, 사시미 칼이나 데바칼 등 자격증 재료와 준비물을 개인적으로 사야 합니다. 중식은 닭을 발골하는 스킬도 배우므로 숙련되려면 꾸준한 연습이 필요합니다. 다른 요리자격증은 한식 칼로 가능합니다. 요리에서 칼 다루기가 쉽지 않아서 자격증 난이도는 개개인에 따라서 달라집니다.

자격증에 필요한 준비물은 시험 보러 가는 당일 본인이 다 준비해야 하기 때문에 미리 준비해서 연습하면 손에도 익숙해져서 큰

도움이 됩니다.

　주변에서 자격증의 활용도에 관해 많은 질문을 받았습니다. 중식은 집에서 바로 응용할 수 있어서 좋습니다. 젊은 분들에게는 양식을 추천하며, 관련 있는 제빵기능사를 같이 따면 더욱 도움이 되고 개인 창업 시에도 유용합니다. 조리기능사는 조리 공무직과 조리 공무원에 도전할 수 있어서 취업에 도움이 됩니다. 이 자격증을 따면 직업 구직난에 바로 올릴 수 있는데, 제 경우에는 취업 가능 여부를 알아보자 레스토랑에서 바로 연락이 왔습니다.

　떡제조기능사는 3년 전 신설된 자격증으로 전통차(민간자격증)를 같이 배우면 창업아이템으로 유용해 보입니다. 조주기능사는 칵테일 40가지를 제조하는 자격증인데 독학으로도 충분했습니다. 필기시험에는 간단한 영어 시험도 나오며 자격증을 딴 후에는 워킹홀리데이에 도전할 수 있습니다. 소믈리에 자격증과 같이 취득하면 좋습니다.

　요리학원에서는 교육 과정 동안 한 번에 3~4시간씩 계속 서있어야 하고, 개인 준비물도 가지고 다녀야하므로 가까운 곳을 선택해야 지치지 않습니다. 학원비도 다 다르기 때문에 최대한 국가

지원을 많이 받는 곳으로 가는 것이 유리합니다.

교육에 관심이 있다면 아동요리자격증도 좋은데, 이 자격증은 민간자격증에 속합니다. 그러나 국가등록민간자격증 협회를 선택해서 수업을 듣고 자격증을 발급받는 것이 좋습니다. 인터넷 수업 강의도 있으며, 수업 이수 후 자격증을 발급합니다. 해마다 인기 자격증 중의 하나로 아이들 방과 후 수업에는 꼭 들어갑니다. 작은 공간을 대여해서 어린이 요리교실 창업도 가능합니다. 스토리 쿡, 아트 쿡, 브레인 쿡 등 아이들 학습과 연계된 수업으로 인기가 좋습니다.

밥상에 진심을 가지고 대하다 보니 다양한 자격증까지 획득하게 되었습니다. 누구나 용기와 의지를 가지면 전문적인 자격증을 딸 수 있으며, 적극적인 사회 생활도 꿈꿀 수 있다는 것을 알았습니다. 지금도 계속 요리 자격증에 도전하고 있으며, 꿈은 마음속에만 저장하지 않고 희망을 가지고 도전할 때 이루어진다는 것을 알게 되었습니다. 여러분도 저와 같은 희망을 발견하시기를 바랍니다.

요리한 이민주

식탁 위의 진심

© 이민주·이지현, 2023

1판 1쇄 인쇄 _ 2023년 03월 20일
1판 1쇄 발행 _ 2023년 03월 30일

지은이 _ 이민주·이지현
펴낸이 _ 홍정표

펴낸곳 _ 작가와비평
　　　　등록 _ 제2018-000059호

공급처 _ (주)글로벌콘텐츠출판그룹
　　　　대표 _ 홍정표 이사 _ 김미미 편집 _ 임세원 강민욱 백승민 권군오 문방희 기획·마케팅 _ 이종훈 홍민지
　　　　주소 _ 서울특별시 강동구 풍성로 87-6 전화 _ 02-488-3280 팩스 _ 02-488-3281
　　　　홈페이지 _ www.gcbook.co.kr 메일 _ edit@gcbook.co.kr

값 17,000원
ISBN 979-11-5592-309-2 03810